JN123782

寝たきり社長の上を向いて

佐藤仙務 Hisamu Sato

風媒社

はじめに――「視線」送って文字を入力

「寝たきり」と聞いて、皆さんはどんなイメージを持つだろうか。「かわいそう」とか「一人では何もできない」とか、まぁ、そんなところだろう。大体、想像はつく。「寝たきり」にはネガティブなイメージがつきまとう。

私は、社長業を営みながら寝たきりの生活を送る、自称「寝たきり社長」だ。生後十カ月で筋肉が動かせなくなる「脊髄性筋萎縮症（ＳＭＡ）」と診断された。体は自由がほとんど利かない。話すことはできるが、動かせるのは両手の親指を左右に一センチだけだ。

私が経営する「仙拓」はホームページや名刺を制作する会社で、愛知県東海市にある。この原稿も、オフィスのベッドで寝たまま上を向いて書いている。ベッドの頭上にはパソコンモニターがあって、目の動きでマウスを操作する視線入力デバイスという機器と、左の親指だけでパソコンを操作。さも特別で高価な機械を使っていると思われるかもしれないが、視線入力デバイスはAmazonで二万円ぐらいだったし、音声入力できる無料のサービスも、文章を書くときには重宝している。

よく文字入力の速さには驚かれるが、Ａ４の紙一枚分なら十五分ぐらいで書くことができる。取引先や社内スタッフとのテレビ会議は、パソコンのカメラを通じて行なう。人工知能（ＡＩ）スピーカーも会社に備わっており、エアコンや室内照明も声だけで操作可能だ。パソコンは私の必需品。業務用メール、スタッフへの指示出し、領収書や請求書の処理、取引先との契約まで、すべて私が行なう。

令和がはじまった今、ＩＴを駆使すれば、何だってできる。これが新時代なのだ。私は皆さんが持つ障害者へのネガティブなイメージを本書で変えていきたい。

寝たきり社長の上を向いて

目　次

第一章　全力で生きたか

第二章　「見えない壁」を越えてゆく

第三章　出会いは未来をひらく

第四章　働く場を増やしたい

第五章　見上げたそこに、きっと希望

第一章
全力で生きたか

「生まれてきて良かった」

私を妊娠中、母には異常が見つからなかったという。

「この子は、上の子たちとは何か違う」。母がうすうすそう感じたのは、私が生まれて三カ月ほどしたころだった。母が私の病気にいち早く気づけたのは、私に兄弟がいることが大きかった。

私には、一歳上と四歳上の兄がいる。彼らは健常者で、結婚して家庭を持っている。二人とも父親として、子育てに没頭している。その様子をはたからみて、独身の私は「幸せそうだなぁ」と思う。

「兄弟の中でなぜ、自分だけが障害者なんだろうって考えたりしないの？」

周囲の人からそう聞かれたことが、これまでに何度かあった。もちろん、今まで一度もそう思ったことがないと言えば、それはさすがにうそになる。でも、私は今「兄弟の中で障害者になったのは自分で良かった」と心から思っている。

私が患う脊髄性筋萎縮症という難病は、基本的に遺伝性だ。変異した遺伝子を持つ両親の間に生まれる子どもには、四分の一の確率で発症するそうで、それが偶然、三番目に生まれた私だった。

「運が悪かったんですね」

そう言われそうだが、もし兄たちが同じ病を患って生まれてきていたら、おそらく、私はこの世にいない。両親が遺伝性だと知っていたら、次の子を生むことをためらっていたかもしれないと思うからだ。

私という存在は、兄たちが健常者として生まれてきてくれたからこそのもの。難病だったとしても、私は、私を私としてこの世に生み出してくれた両親に感謝している。どんなにつらいことがあっても、後から幸せだと感じる力が人間にはある。私はそれを「後付けの幸せ」と呼んでいる。

後付けの幸せは、人間だけに与えられた特権だ。なぜ、こんなにも前向きに物事を考えられるようになったのか。答えは、私が歩んできた人生にある。

十歳、体に異変が起きた

「息子さんの余命は五年から長くても十年でしょう」

今から二十七年前、私が生後十カ月の時に、両親は、医師からそう告げられたという。脊髄性筋萎縮症という病気は、十万人に一人の難病だと言われている。筋肉がどんどん萎縮してしまい、日常生活すべてにおいて介助が必要になる。

近年こそ、この難病の進行を遅らせる新薬が登場したが、根本的な治療法はまだ見つかっていない。医師の余命宣告には、いずれ呼吸器系に大きな影響を及ぼし、命を落とす危険性があることを意味していた。でも、余命宣告をとっくに通り過ぎて、私は今「人生の延長戦」を生きている。

医師から余命宣告を受けた時、母は「そんな聞いたこともない病気なんて信じられない」と思ったそうだ。五歳ごろまで、私は母と一緒に肢体不自由児通園施設に通い、初めての集団生活の中、同じような障害がある子どもたちと過ごした。小学校は当時の養護学校（現在は特別支援学校）に、母の送迎で通った。そのころは、校内を電動車いすで自由に動き回り、授業でも鉛筆を持って字が書けた。

だが小学四年生、ちょうど十歳のころ、医師の余命宣告の通り、私の体に少しずつ異変が起こり始めていた。長時間電動車いすに座っていると疲れたり鉛筆を握るのも難しくなったりして、学校でも横たわって授業を受けることが増えていった。家では、夜眠れなくなっていった。

「母さん、夜は息苦しくて眠れないんだ」

そう言うと、母は顔色を変え、私をすぐさま名古屋の大学病院に連れて行った。

当時、私はまだ自分の病名を知らなかった。両親に自分の病名を尋ねたことはそれまでにもあったが、絶対に教えてくれなかった。いつも通っている診療所ではなく、大きな病院に連れて行かれたことで、いつもと様子が違うなと、胸騒ぎがした。

「人工呼吸器を使ってみない?」

「夜間に人工呼吸器を使ってみないかな」

母に連れられて行った大学病院で、医師からそう提案されたのは、小学四年生の時。私は、「人工呼吸器」という言葉を聞いたこともなかった。「先生、人工呼吸器って何?」と尋ねると、医師は実物を見せながら「これを着ければ夜に息苦しくなることはないよ」と笑顔で答えてくれた。私はただ純粋に「夜の呼吸が楽になりたい」と思っていた。夜中に息苦しく、目が覚めることもあって、「何だか今までと違う」。そんな不安をうっすら感じていた。

とにかく、呼吸が楽になれば助かると思い、医師の提案を受け入れた。そのころはまだ、人工呼吸器といえば、病院用の大型の機械が一般的だったが、在宅用の小型の人工呼吸器が実用化され始めていた時期でもあり、私にとって絶好のタイミングだった。人工呼吸器は、鼻をマスクで覆い、チューブを通して機械から空気を取り込む。当時、北海道などではすでに在宅で人工呼吸器が使用され始めてはいたが、愛知県では使用例がなかった。在宅医療にはリスクも伴う。それでも両親は、「病院ではなく家族と一緒に家で過ごし、学校にも通いたい」と願う私の意思を尊重してくれた。後から聞いた話では、私が愛知県で最初の使用例となったらしい。私が人工呼吸器を使い始めたことで、愛知県内の多くの子どもたちも後に続いたという。

今思えば、医師の提案こそが、私の今と命をつないでくれた。人工呼吸器を使うと、よく眠れるようになった。今も、夜寝るときは、人工呼吸器を使っている。これがなければ、私が赤ちゃんのころ医師が両親に告げたように、余命は長くても十年というところだっただろう。この時代に生まれたことや、医療の発達には感謝の気持ちでいっぱいだ。

「有名人になる！」と宣言したワケ

少年時代、私には夢があった。

「大人になったら有名人になりたい」というものだ。「根っからの目立ちたがり屋だったんですね」と言われそうだが、実際はどちらかと言えば昔から私は小心者だと思っている。

子どものころ、あまり外には出してもらえなかった。たまに電車などで外出した時は、寝たきりの姿を見た見ず知らずの人から「かわいそうだね」と言われてばかり。幼心ながら「僕はかわいそうな人間なんだ」と考えさせられた。両親が私をあまり外出させようとしなかったのは、私が周囲のなにげない視線や言葉に傷つかないように、との配慮だったのかもしれない。

小学校に上がる前も、兄たちを見ていて「自分も普通の小学校に行けるかな」と思っていた。しかし、私は名古屋の特別支援学校に通うことになった。理由を五歳の時に母に聞いたた。しかし、私は名古屋の特別支援学校に通うことになった。理由を五歳の時に母に聞いた。すると、母は「東海市では認めてもらえなかった」とだけ答えた。「認めてもらえない」という意味は分からなかったが、母の寂しそうな表情は忘れられない。

「みんなに認められる存在になるにはどうすれば良いのだろう」

そんなふうに考えながら私は大きくなっていった。そして自分なりに考えた結果、「認められるには有名人になればいい」という結論が出た。その思いが抑えきれなくなり、高校三年生のとき、私は、親と担任の先生との懇談会で、

「将来は、メディアに出まくる有名人になる」

と宣言した。突拍子もない発言に、担任の先生には「面白い冗談ですね」と鼻で笑われ、母にも「学校でばかげたことを言うんじゃないの」とこっぴどく叱られた。その話を聞いたクラスメートたちにも「なんか懇談会ですごいこと言ったんだって？」と冷やかされた。

でも私は大真面目の本気だった。どうしても自分の運命を変えたかったから。

運命を変えた一本の電話

振り袖やはかま姿の旧友と再会する地元の成人式。そんなありふれた思い出でさえ、私は手に入れることができなかった。

地元である東海市の学校には通えず、名古屋の特別支援学校に通学した。卒業後、二十歳の成人式は地元ではなく、母校で催された成人式にスーツで参加した。しょせん、地元の成人式に参加しても、誰も知らず、話す相手もいない。そう自分に言い聞かせても、私の中で空虚感が残っていた。地元には居場所がないと感じていた。

そんな中、私は二〇一一年に、東海市で合同会社仙拓（後の株式会社仙拓）というウェブサイトや名刺を制作する会社を立ち上げた。会社を起こした理由は、自身の重い障害故に働く場所がなかったからだ。

二〇二四年現在、スタッフは私を含めて十五名を超え、起業当初から行なっている事業に加え、飲食事業や介護事業なども展開している。

私は、この「仙拓」という会社で社長を務めており、当然これまでの会社経営の中で様々な出会いやターニングポイントがあるが、特に二年目に、運命的な出会いがあった。お客さまの紹介で知り合った、一人の男性。彼は東海市で市議会議員をしており、名刺を作ってくれた。

はじめ、重度の障害がある私を見た時、彼は驚いた様子だったが、すぐに意気投合した。彼は新たにつくろうとしている、東海市での少年野球チームについて熱弁していた。

正直、「自分にはまったく関係ない話だな」と思いながら聞いていた。地元に交友関係もなければ、ましてや、スポーツなど寝たきりの自分には、無縁の世界だ。一応、失礼があってはいけないと思い、「素晴らしいですね。私も応援しています」と社交辞令で答えた。

数日後。彼から一本の電話があった。

「応援してくれると言った少年野球のチームだけど、みんなと話し合った結果、君は名誉顧問になることが決まった。早速だけど、子どもたちに講演会をしてもらえないだろうか？」

何が何だか分からなかったが、うれしかった。これまで人に頼むことはあっても、頼まれることはほとんどなかったから。彼は電話口で「寝てる場合じゃないぞ」とユーモラスに言った。「やってみます」と私は答えた。これが私の運命が変わり始めた瞬間だった。

野球少年たちに伝えたこと

今から思えば、講演は勢いで引き受けてしまい、正直、不安だらけだった。

名誉顧問を務めている少年野球チーム

当時の私はまだ二十歳そこそこ。人前で長時間話をしたことはなく、ましてや、野球について語れるはずもない。悩んでいると、その市議から「君は子どもたちが野球さえうまくなれば、社会で生きていけると思うかい?」と尋ねられた。そして、「君が社会で必要だと思うことを話してごらん」とだけ言い残し、彼は帰っていった。

私は講演会当日、自分の歩んできた道を話した。本当は普通の学校に通いたかったが、特別支援学校に通学したこと。卒業後、十九歳で名刺製作などを請け負う会社を起業したこと。そして、こう強調した。

「勉強やスポーツができるだけでは、社会は生きていけない。大切なことは、ないものをねだらないこと。そして感謝の気持ちを持って生きていこう」

もし、病気でなければ、障害がなければ……。そんな「ないものねだり」をしても仕方がないことだし、自分の持てる力を最大限に生かせば、道は開ける。起業して仕事が少しずつ舞い込み始めていた当時の私は実感していた。それを伝えかった。

子どもたちは一時間、真剣な様子で話を聞いてくれた。そして講演会終了後には、たくさんの拍手をくれた。帰り道、一人の少年が声をかけてくれた。

「佐藤さん、次はぜひグラウンドにも来てください。僕も野球ができるという感謝の気持ちを忘れずに頑張ります。今日は本当にありがとうございました！」

数年後、その少年は夢をかなえ、甲子園出場を果たしてくれた。

「ありがとう」が大嫌いだった

私には子どものころ、大嫌いな言葉があった。「ありがとう」だ。ひねくれ者と思われそうなので、弁解しておきたいのだが、私なりの理由がある。

私は小学一年生から高校三年生まで、特別支援学校に通った。特別支援学校は私と同じように体に障害のある子どもたちが通学し、共に学び育つ場所だ。私はその中でも特に障害が重かった。トイレ、給食、教室の移動……。授業だけではなく、日常動作のすべてにおいて先生のサポートが必要だった。私は子どもながらに心が重かった。

別に誰かに手伝ってもらうことが嫌だったわけではない。障害児として生まれたことを悔やんでいたわけでもない。ただ、毎回必ずやってもらったことに対して、お礼を言わなければならない重圧が嫌でたまらなかった。それも一日二、三回ではなく、私の場合は誰よりも手伝ってもらったので、その数は数百回というレベルだった。

学校の先生といえば、子どもにとっては絶対的な存在だ。しかも特別支援学校の先生と障害児との間には、普通の学校では考えられないほど絶対的な強者と弱者の壁がある。

先生たちは基本的に「お礼を言わないと介助をしない」というスタンス。そして、お礼を言ったところで、ニコリともしない先生たちばかりだった。

「僕は一生お礼だけを言いながら、生きていくんだろうか」

そんなふうに考えたこともあった。子どもながらに、自分は誰かの手伝いがなければ、生きていけない存在なのだということを強く意識させられた。

しかし、高校生の時、私の中で「ありがとう」の価値観が一八〇度変わった。きっかけは、ある先生との出会いだった。

「ありがとう」が大好きになった

言葉には、人生観を変える力がある。高校生の時に出会った一人の先生が、そのことを教えてくれた。二十代半ばの男性講師。私にとっては、先生というより、お兄ちゃんという感じの親しみやすい存在だった。

学校で、私は先生たちの介助なしには何もできなかった。手伝ってもらい「ありがとう」と言うたびに、自分の無力さを痛感し、むなしかった。高校生のころには「ありがとう」は反射的に口から出るだけの、心のこもっていない言葉になってしまっていた。

そんなある日、私は教室で車いすに座っていられず、横にならないと呼吸するのも苦しいほど体がしんどくなった。運悪く、教室には誰もいなかった。

ちょうど、その先生が廊下を歩いてきた。私は「すみません」と呼び止めた。先生は足を止めて私の話を聞き、笑顔で抱きかかえて、車いすからベッドに移してくれた。決まり文句のように私は、「ありがとうございます」と言った。

しかし、ここからがいつもと違った。その先生は、

「こちらこそありがとう」

と返してくれたのだ。思わず、

「どうして先生がお礼を言うの？」

と聞くと、先生は
「声をかけてくれてありがとう。あと、ありがとうに、ありがとうだよ」

と笑顔で答えてくれた。

そんなことを言われたのは生まれて初めてだった。なんだか魔法にかかったように、幸せな気分に包まれた。私は、この日から「ありがとう」という言葉が大好きになった。その先生とは、今も一緒に食事に行く仲だ。

「できないと最初から決めつけるな」

「どこのボタンが固くて押せないって？」

父がそう尋ねると、「このAボタンが固くて僕の力では押せないんだ」と私は答える。「そうか。そこのボタンか」と言いながら、父はネジを外してゲーム機を分解し、ボタンの固さをやわらかく変えてくれる。私の子ども時代のよくある日常だった。

子どものころから、自分の体を自由に動かせるのは指先だけだった。私には二人の兄がいる。兄たちは体に障害はないので、いつも自由に外で遊びまわっていた。兄たちはたびたび私を抱きかかえたり、バギーに座らせたりして、外に連れ出してくれた。

しかし、外で遊ぶのは少し退屈だった。理由は簡単だ。鬼ごっこをしても、かくれんぼしても、いつも私は見ているだけだったから。もちろん、弟の私も一緒に連れて行ってくれるという意味では、とても優しかった兄たちなのだが、それよりも私は遊びに物足りなさを感じる日が多かった。

そんなある日、世の中では「ゲームボーイ」が一世を風靡(ふうび)していた。兄たちもゲームボーイを買ってもらっていた。まわりの子どもたちもみんなが熱狂し、兄たちも毎日夢中になって遊んでいた。それを見た私も、「僕もやりたい！　貸して」と言って、兄たちに貸してもらったことがある。しかし、既に右手の力がおとろえ始めていた。ゲーム機のボタンが一つも押せなかった。

「なんで僕だけみんなと遊べないんだろう」

落ち込んでいたある日、父が私専用のゲームボーイを買ってきてくれた。

「お前も、お兄ちゃんたちと同じやつがほしかったんじゃないのか」

そう言ってゲームボーイを手渡してくれたが、私は「ボタンが押せないからいらない」と、ふてくされて答えた。すると、父はドライバーを手に取り、ゲームボーイを分解し始めた。父は機械いじりが大得意。十字形のボタンの上に一本の棒を付け、親指だけで上下左右に操作できる仕様にしてくれたり、私の指の力でもボタンが押せるように改造してくれたりした。大喜びする私に父はこう言った。

「できないと最初から決めつけるな」

私はこれをきっかけにゲームに夢中になった。ゲームだけは唯一、他の遊びと違って、見ているだけではなく、兄たちや友達と同じように遊べるからだ。その後も新しいゲームやラジコンなどで遊びたくなるたび、父に「こうしたら遊べるから、こういう仕様に変えてほしい」といった具体的な要望やアイデアを伝えた。遊べるものがどんどん増えていった。しかし、私の障害は成長とともに進行していった。次第にゲームも操作できなくなった。

すると今度は、一緒に過ごしている兄たちが「手でできないなら別のところでやってみたら?」と言ってくれた。私は割りばしを口にくわえ、それを使ってボタンを押すことを思いついた。そうやって私は周りのサポートと、アイデアで「できない」を「できる」に変えていった。

それはもはや、ゲームだけに言えることではなく、学校のテストも口で鉛筆をくわえて書いていたし、電動車いすの運転も操作スティックを改造した。唇で操作をし、電動車いすサッカーというスポーツにもチャレンジできた。仕事だって同じだ。今の私は完全にマウスの操作が難しくなってしまったので、目の動きを感知する視線入力で業務をしている。すべては幼少期に父が私に言った「できないと最初から決めつけるな」という言葉から始まっている。

新型コロナのステイホームの中、十年ぶりにゲームを買ってみた。世間で大流行しているNintendo Switch「あつまれ どうぶつの森」である。周りから「手が動かないのにどうやって遊ぶの？」と言われるが、私はネットや友人から情報を集めながら、目の動きだけで操作できる環境を実現し、今では兄とではなく、兄の子どもたちと一緒に遊んでいる。

私の周りにいる障害者も「どうせできない」と簡単にあきらめてしまう人が多いが、それは違う。できないんじゃない。やれる方法を知らないだけ。やれる方法を探していないだけだ。今の時代、テクノロジーとアイデア次第で何でもチャレンジできる。「できない」を「できる」に変えられる楽しさを、多くの人に知ってほしい。

――できないと最初から決めつけるな。

心が自由になった瞬間

一度だけ神様の声を聞いたことがある。こう書くと、スピリチュアルか宗教絡みかと勘違いされそうなので断っておくが、私が子どものころに見た夢の中の話だ。

小学三年生のころ、私はだんだんと自分の障害について自覚するようになっていた。兄弟の中でも自分だけが特別支援学校に通い、地元小学校の同級生に友達はいなかった。時折、兄の当時の担任が、私のために地元小学校で交流会を開いてくれた。でも、それはあくまで一時のふれあい行事。「自分が地元の小学校に行けないのは、仕方ないことなんだ」。私はどこかあきらめの境地に入っていた。

そんなある日、その夢を見た。二十年も前のことなのに、不思議と今もはっきり覚えている。だだっ広い真っ白な空間の中に私がいて、そこで私は五体満足だった。手も足も自由に動く。私は走り回りながら、歓喜していた。

すると、喜ぶ私の前に、美しい光のかたまりが現れた。そして、その光の中から優しい男性の声が聞こえた。「その体にしてあげます。その代わり、全てを忘れなさい」と。

「今の家族とか、友達とか先生とかはどうなっちゃうの？」

私は「神様」と思われる、その光の中の声に尋ねた。すると「何もかも忘れて、生まれ変わりなさい」と返ってきた。

私は悩んだ。五体満足にはなりたい――。ただ私は、家族や友達、そして学校の先生たちのことを全て忘れてから、自由に動ける体になっても意味がないと思った。大好きなその人たちがいない人生なんて嫌だった。だから、こう言った。

「僕はこのままがいいんだ」

夢の中とはいえ、人生初の、自分の意思による大きな選択だった。

「仕方がない人生じゃない、自分で選んだ人生だ」

そう気づいた瞬間、目が覚めた。もちろん朝起きたら、いつも通りの、不自由な体だった。でも確かにあの日から、私の心は自由になった。

乙武さんのように本を出したい

人には一生のうちに何度か、挑戦の機会が訪れる。私の場合、それが「起業」であったことに間違いはないが、もう一つ大きな挑戦があった。「本の出版」だ。

初めて「自分の本を出したい」と思ったのは小学二年生のころ。きっかけは著書『五体不満足』でおなじみの乙武洋匡さんをテレビで見たことである。障害を明るく語る乙武さんに興味を持ち、尊敬の念を抱いていた。一方、子どもながらに妙なライバル心も抱いた。

「私も彼のように二十二歳までに本を出版したい」

そして十九歳で起業。一年間手探り状態で経営をした。その中で「この体験を本にし、会社のPRにもつなげよう」と思い、二十歳を過ぎてから、本格的に出版計画を立て始めた。しかし、特別支援学校を卒業して二年しかたっていない私だ。出版のアドバイスをくれる相手なんていなかったし、身近な人間に相談してもいつも笑われた。

だが、「やってみなくちゃ分からない」。そう思い自分で企画書を書き、インターネットで調べた出版社に片っ端から送った。その数は数百社を優に超えていた。有名人でもなく、出版経験ももちろんない。そんな重度障害者の企画書に、出版社からの反応はとても冷たかった。

「こういう障害者モノの企画応募ってさ、うちに腐るほど届くんですよね」。感想を聞くために、電話をかけた際、そう嘲笑されることもあった。だが、目を通してもらえるだけでも親切な方で、私の企画書は読まれもせず無視され続けた。「自費出版ならいいですよ」という返答もあったが、抵抗があった。

「僕に商業出版なんて無謀だったんだろうか」

あきらめかけていたころ、その男性から電話が入った。

「目を見て　ピンときた」

「本を出版したいと連絡をくださった佐藤さんでしょうか」

東京の番号でかかってきた電話に出ると、男性はそう尋ねた。

(出版社か。どうせ、また断られるんだろう……)

それまで何百社にも出版企画を断られたり無視されていたりしたので、珍しく出版社から電話があったことにまず私は疑心を抱いた。

とりあえず、「はい、そうです」と答えると、男性は「まだ出版社は決まっていないですか?」と尋ねてきた。今までにない展開に少し驚きつつ、私は「どこにも相手にしてもらえません」と答えた。他の出版社に自費出版を勧められていること、そして実は出版をあきらめかけていることも率直に話した。

男性は私の話をひと通り真摯(しんし)に聞いた後、「とりあえず自費出版はやめておきましょう。この企画を社内の会議にかけても良いでしょうか」と提案した。男性はその出版社の編集長だった。偶然、部下の方が私が送ったメールを読み、たまたま、編集長に見せたのだそうだ。

「会議で企画が通れば、佐藤さんの本は商業出版で出せます」

願ってもないチャンス。私は心躍った。しかし、気になることが一つだけあった。数ある出版社が私を相手にしないのに、なぜこの編集長は、ここまで推してくれるのか。

思わず、理由を聞いてみたくなった。

「うれしいのですが、他の出版社さんには『君みたいな障害者モノの企画は腐るほど応募がある』と言われて……」

私がそう言うと、編集長は言った。

「確かにそうかもしれない。でも私はメールの添付写真の目を見てピンときたんです。この男にかけてみたいってね」

それは、私が地元のフリーペーパーの成人特集で取り上げられた時の写真だった。

ついに出版——うれし泣き…

「佐藤さんの出版企画が会議で通りました」

二〇一二年の二月、出版社の編集長からそう電話がかかってきた。僕も出版できる。これで夢がかなうんだ。私は舞い上がった。

「会社もあると思いますし、今日から毎週月曜、原稿用紙二枚分ずつメールで送ってください」

編集長の提案に私は思った。週に原稿用紙二枚ずつか。それなら余裕だ、と。

だが、すぐに考えの甘さを痛感した。初めの数週間は余裕があった。しかし、当時の私はまだ会社を立ち上げて二年目で、経営はズブの素人。ようやく親戚などからの頼みではなく、一般のお客さまからホームページや名刺製作の仕事をいただけるようになったころだった。私は時間を見つけては、経営について学ぶため、大学の情報技術の科目を受講しにも行っていた。

一週間はあっという間に過ぎていった。原稿に苦戦していたある日、編集長に電話でこんなことを言われた。

「佐藤さんの文章は丁寧すぎます。なんだかおじいちゃんみたいな文章で、あまり面白くありません」

正直ショックだった。子どものころから作文を書くのは大好きで、学生時代の読書感想文の評判も良かったし、何度も作文コンクールにも入選していた。学校を卒業後もエッセーコンクールに応募し、会社を立ち上げる時の費用として賞金を稼いだこともあった。だからこそ、文章力は私なりに自信があった。そして、ショックを受けている私に、編集長はこう続けた。

「佐藤さんには、『お金を払う価値のある本』を完成させる覚悟は本当にありますか？」

この言葉が、仕事と原稿執筆の両立に行き詰まっていた当時の私の状況を突破する「ブレークスルー」となった。

本の出版が決まってから忙しい日々が続いた。原稿執筆と会社経営。そして私は、当時の編集長から指摘されていた文章技術にも思い悩んでいた。

「まだ自分に能力が足りない……」

思い返せば、人生で「これでは駄目だ。もっと成長したい」と本気で思ったのは、この時が初めてだったかもしれない。

そこで私は考えた。まずはここまでには本の発売をしたいというスケジュールを立て、その時期までには必ず原稿が仕上がっているゴールを設ける。編集長からは「文章が丁寧すぎて読みづらい」という指摘とアドバイスももらった。文章を書くというよりは、極力、誰かに話しかけているかのようなイメージで筆を進めてみることにした。

原稿執筆のラストスパートには東京から編集長に愛知の私の自宅まで来てもらった。その四日間は、朝から晩まで原稿を書く合宿のようだった。

文章を書いては、編集長に書き直される日々。あまりにも過酷だったので私は食欲もなく、栄養ドリンクばかり飲んでいた。編集長からは「栄養ドリンクもほどほどに……」と諭（さと）されていた記憶がある。

そうして出版が決まってから約十カ月。二〇一二年十一月、私はついに子どものころから夢だった本出版の夢を二十一歳でかなえた。出版社から送られてきた本の見本を見たとき、私はうれしくて泣きそうになった。

夢をかなえたこともそうだが、その十カ月で文章技術と仕事の処理速度が上がったことを実感。何より「本なんて出せるはずがない」と周りから言われていたことに対し、実現を証明できた喜びが大きかった。

本のタイトルは『働く、ということ』。後に『寝たきりだけど社長やってます』という文庫本にもなり、私の人生を変えていくきっかけとなった。

全力で生きたか——毎日問う

「佐藤さんは本当にせっかちな行動派ですね」

私の周りの方はみんなそう言う。自分でもその自覚がある。私は講釈を述べるより、すぐに行動に移すタイプだ。そこに人生の重きを置いている。何かを始めたいと考えた時に、どんな

小５のころ、クラスメートと著者（中央）

小さな一歩でもよいので、必ず「二十四時間以内に行動を起こす」というルールを自分に課している。

もちろん、せっかちな性格は生まれ持ったものもあるのだろうが、それ以上にこれまでに培(つちか)ってきた死生観が影響していると考えている。

私は幼少期から体がとても弱かった。年に何回も入退院を繰り返し、風邪で命を落とすことも十分あり得た。

「なぜ僕だけ体が弱いのだろう」。幼心ながらいつも思っていたし、小学校から高校までの十二年間で、毎年のように身近な友達が亡くなるという世界を生きてきた。

普通の学校ではありえないと思うが、特別支援学校では一年間を通して何度も校内放送で黙祷が行なわれることがある。

「明日は僕かもしれないね」

黙祷をしながら、隣にいた車いすの男の子が寂しそうな表情で話し、その数日後にその子に向けた黙祷が行なわれたことも。

小学校時代、私を含めてクラスメートはたった三人。そのうち、今生きているのは私だけだ。今回、この連載にあたって昔のアルバムを眺めてみた。胸が締めつけられた。一人のクラスメートは中学三年で亡くなり、もう一人のクラスメートは今年亡くなった。そんな人生を歩んできた中で、私は毎日自分にこう問いかけるようになった。

「今日も全力で生きたか。できない言い訳を述べて、今日できることを明日に先延ばしにしていないか」

今、この瞬間に生きていることを、私は決して当たり前だと思ってはいない。

次の夢はテレビ出演

会社を立ち上げて四年がたつ、二十三歳のころ。夢だった本の出版も実現し、努力と行動を積み重ねることで、少しずつ夢の扉は開かれていた。私が次に考えたことは「全国放送のテレビに出る」ということだった。

私にはどうしても出たいドキュメンタリーの番組があった。毎週、一流の経営者や大学教授、研究者などが取り上げられ、その人の夢への挑戦を追いかける番組だ。当然私のような何の実績もない二十代前半の障害者が出られる番組でないことは知っていたが、私は「絶対にできるはずがない」と言われることに挑戦する楽しさを、本の出版で知ってしまった。

まず私はSNSで、その番組に携わっている方を探した。そして一人一人にあいさつや自己紹介を含めたメッセージを送っていった。ほとんどの方には無視をされたが、一人の男性からメッセージが返ってきた。その男性はフリーランスで医療ジャーナリストをされているという。しかも偶然にも、私が出版した本を読んでくれていた。

メッセージを送った数日後、ちょうど東京に行く用事があった。私はそのジャーナリストの男性に「一度会ってもらえませんか」とお願いをした。すると彼も快く承諾してくれた。

私はその男性に会った時、「どうしてもあの番組に出たい」「有名になって認められたい」と強く訴えた。その男性は難しそうな表情でひと通り私の話を聞き、ひと呼吸置いた後に答えた。

「テレビとは出たい人が出るものではなく、視聴者が見たい人に出てもらうものだ」

私はその言葉で一瞬あきらめそうになった。だが、どうしてもテレビに出たくて、食い下がった。

テレビ電話で新規事業――障害が〈武器〉になる

「どうしても、テレビ番組に出たいんです」

医療ジャーナリストに、私はテレビのドキュメンタリー番組に出たいという夢をしつこく懇願し続けた。すると彼は「今は無理だ。いつか君が出るべき人になったら、その時にもう一度考えよう」と言ってくれた。今思えば、彼は遠まわしの断りを入れたつもりだったのだろう。だが私は当時、生意気にも「番組が放送されるのが楽しみですね」と返した。

彼は身内に介護職の方がいることもあって障害者への理解があり、私と気が合った。「障害者＝助けられる側」という社会のイメージを変えたい――。私の思いを伝え、頻繁に連絡を取り合った。

同じころ私は、障害者雇用促進の一環で、新規事業を立ち上げようとしていた。自宅から出ることが難しいほどの重度障害者がテレビ電話を使って、有料で他の障害者の悩みを傾聴する。同じ障害者だからこそ悩みを理解できるはずだと考えた。このビジネスモデルは弱者を生み出さず、障害が武器になる。

問題は、誰がお金を払ってくれるのか。障害者を雇用している会社が社員サービスとして利用してくれることが理想的だった。あちこちに営業をかけると、大手食品メーカーのネスレ日本が興味を持ってくれた。そして二〇一五年秋にテレビ電話で社長にプレゼンした結果、賛同してくれ、同社が雇用している障害者の方が利用してくれた。

医療ジャーナリストの彼も興味を持ってくれた。そしてついにテレビ局に番組企画書を出してくれるという。当時私は二十四歳。もし企画書が通れば、そのドキュメンタリー番組の出演者としては最年少になるとのことだった。

念願の番組放映、ところが…

二〇一五年の冬。ドキュメンタリー番組に取り上げてもらえることが決まった。幸せの絶頂期。この番組に出たいと強く願っていたのには、理由がある。番組のスポンサーは、父が勤めている会社だったのだ。

私の家族は基本的に身内を褒(ほ)めない。父がその代表格だ。そんな父でも、新卒から四十年近く勤めている会社がスポンサーをしている番組に出るとなれば、必ず私を認め、喜んでくれると考えたのである。

ドキュメンタリー番組なので、撮影は数カ月に及んだ。その期間、私は医療ジャーナリストやカメラマンと一緒に行動することが増え、時には東京にも同行。仕事では大阪など全国各地への出張もあり、ハードな日程をこなしていった。かぜをひきがちになり、疲れやすいなど、いつもと違う体の異変に気づいてはいたが、時には食事も粗末にして、過密なスケジュールをこなしていた。

だが、とうとうインフルエンザにかかり、入院する事態に。「このまま撮影ができなくなれば、放送されなくなってしまうかもしれない」。焦りだけが募った。「とにかく早く退院させてほしい」。医師に無理を承知でお願いし、退院した。

すぐに撮影を再開できたおかげで、二〇一六年一月に、念願の番組が放送された。放送は家族そろってテレビの前に座り、リアルタイムで見た。テレビに映る私の姿を、父はうれしそうに見ていた。その表情を私はそっと横から見ていて、誇らしかった。放送後は、今までにないほどの反響や問い合わせがあった。

だが、無理に無理を重ねていた体は悲鳴を上げていた。この後まもなく私は救急車で運ばれ、生きるか死ぬかの、人生最大のピンチを迎えることになる。

命綱の声を失う危機

二〇一六年三月、私は再びインフルエンザで入院した。最初は病棟で過ごしていたが、日に日に病状は悪化。呼吸器系が弱く、子どものころから肺炎で入退院を繰り返していたが、この時は過去にないほど深刻だった。

どんなに息を吸っても肺に空気が入った感覚がなかった。ふだんは夜間だけ装着している人工呼吸器を日中も使った。だが病棟で使える酸素レベルを最大にしても、まるで、四六時中、水の中に頭を突っ込まれているような感覚だった。苦しい、苦しい。誰か助けてー。

酸欠になると、次第に意識が遠のいていく。そんな時、母は何とかして胸にたまっている痰が取れるようにと、私の呼吸に合わせ、何度も何度も胸を押さえてくれた。子どものころから母はいつも、私が苦しんでいる時には、そうやってくれた。

だが、ついに当時の主治医に提案された。

「集中治療室に行きましょう。早く気管に挿管して空気を送り込まなければ、命が危ない」

自分が置かれている深刻な状況が分かった。この時、すでに私は呼吸困難で会話もままならなかった。代わりに母が主治医に尋ねた。

「もちろん管はすぐに外れますよね?」

「正直、今までの仙務くんの状態でここまでもっていたことが奇跡だと思います」

主治医はそう答え、少し間を空けて続けた。

「最終的には気管切開をしましょう。そうなると残念ですが、今後は日中も人工呼吸器が必要で、声を使って話すことはできなくなるでしょう」
頭が真っ白になった。声を失うなんて、想像もしていなかった。自分の意思では体をほぼ動かせない私にとって、声は仕事や生活を成り立たせる命綱だ。会話ができない残酷さを、当時の私はまだ知らなかった。

出ない声、「死にたい」

桜の花が咲き始めたころ、私は大学病院の集中治療室のベッドにいた。肺炎による呼吸器不全で自発呼吸ができなくなったのだ。口からチューブを入れられ、声帯をふさがれたために声が出なくなった。

会話には、五十音順にひらがなが書かれた「文字盤」を使った。私が何か言いたい時は、母が文字盤を持ってベッドの脇に歩み寄ってくれた。

母は「あ」から順番に文字を指しながら、「あ、か、さ、た、な、は、ま……」と読み上げていき、私がタイミングの良いところで、目をパチパチさせて文字に目線を合わせる。「ま行ね。次は、ま、み、む……」と母が言い、再びタイミングの良いところで私が目をパチパチさせ、ようやく言葉の一文字目を確定させる。これを何十回何百回と繰り返し、私は自分の意思を伝えた。そして、私は医師にこう聞いた。

「また、声は出るようになりますか？」

医師の答えはこうだった。

「残念ですが、二週間後に気管切開をします。このままでは命の保証ができません」

涙が止まらなくなった。人生で後にも先にも、あの日ほど神様を恨んだ日はない。隣に座る母の手が震えていた。その両手に抱える文字盤に、ぽたぽたとしずくがしたたった。

絶望のどん底で、私は何度も「死にたい」と叫んだ。しかし、どんなに叫んだところで全く声が出ない。情けない。悔しくて悔しくて、たまらなかった。

私だって本当は死にたいわけじゃなかった。ただ、死ぬこと以上に声が出せない人生を生きていくことが怖かった。

だが、生きる希望を絶たれ、目の前が真っ暗になりかけたその時、一人の男性看護師が私の前に現れた。

「ごはんの約束」で前を向く

集中治療室に入って数週間がたち、私は心身ともに疲弊しきっていた。気管挿管で声が出ない上に、鎮痛薬で意識がもうろうとした。気管切開の手術も決まり、私は完全に心を閉ざしていた。

以前のように自分の声で会話できない。その上、自分の意思で体も全く動かせない。はたから見れば、私は「意思のない人」に見えたかもしれない。

そんな中で、ある男性看護師は私に積極的に声をかけてくれた。彼は私の担当になると、看護業務をてきぱきとこなし、コミュニケーションを熱心に図ってくれた。

「佐藤くんは入院前は何してたの？」

彼は文字盤を手に持ち、笑顔で私に見せた。

彼の質問に対し、私は文字盤に視線を送って答えた。短いフレーズで「社長」と。彼は「社長？　若いのにすごいね」と言ってくれた。それに対して私は「（社長）だった。小さい会社の」とつけ加えた。

私は卑屈になっていた。声を失ったら仕事を続ける自信がなかった。「寝たきり社長」じゃなくなったら、みんなから見放されるんじゃないか——。ひとりぼっちになる気がして怖かった。

彼は私のそんな心境を察したのか、こう言った。

「僕、いつか佐藤くんの声を聞いてみたいと思っているんだ。あと、一緒にごはんとか行けたらいいなって」

その言葉を聞いて、私は「そんなこと、まず無理だろうな」と思った。でも、「その時は僕がおごってあげるよ。だって社長だし」と見栄を張った。すると彼も、笑顔で「約束だからね」とうなずいてくれた。

この約束をどうしてもかなえたい。そう思った瞬間、私は前を向く覚悟ができた。

執刀医の思いに支えられ

二〇一六年四月、気管切開の手術日が近づいていた。声は戻るのか、戻らないのか――。私は不安でいっぱいだった。

気管切開はそこまで難しい手術ではない。だが、私のように持病がある人は何が起こるか分からない。メスで声帯を傷つけてしまう可能性もゼロではない。そんな説明を再三受けた。

声を取り戻すには、手術の成功が大前提。その上で、気管切開後に、喉に挿入するチューブ交換がうまくできるかどうかに、かかっていた。

「どうしても声を取り戻したい」

私は事前に執刀医に思いを伝えていた。文字盤を使ってしか意思表示ができなかったので、あふれ出る思いをすべて言葉で伝えられなかった。それが、もどかしかった。

だが執刀医は何かを察してくれたのか、インターネットで私の仕事や活動について調べ、私にしっかり寄り添ってくれた。

「佐藤さんはまだ若い。声を取り戻せる可能性はある」

執刀医はそう言ってくれた。医師として自然な姿なのかもしれない。だが、その熱心さには、もう一つの理由があった。

彼は生まれつき耳に障害があった。補聴器がないと相手の言葉が聞き取れない。医師になった動機も、「障害がある弱者の味方になりたい」という思いがきっかけだったという。

迎えた手術。昼すぎに全身麻酔を入れ、目が覚めたら外はたそがれ時だった。心配そうに見つめる両親が「具合どう？」「分かるか？」と尋ねてきた。だが、私はまず執刀医の表情を確認したかった。

「目が覚めましたか？」

声を取り戻すには手術成功が必須だ。彼の表情を見れば、結果が分かる。

執刀医は、そう言いながら私のもとに歩いてきた。

「佐藤さん、気管切開の手術は完璧でしたよ」

手術後に執刀医の言葉を聞き、安堵（あんど）した。声帯に損傷はなく、「声を取り戻すことができるかもしれない」「まだ仕事をすることができるかもしれない」と期待が持てた。

集中治療室から一般病棟に移動したが、体調は悪く、首元の傷が痛んだ。チューブを入れているため痰も異常に増えた。十五分に一回、吸引をしないと窒息死してしまうほどだった。

一方、病棟でインターネットが使えるようになったことは大きな希望だった。多くの人にメールなどで励まされ、ネットで「声を取り戻す方法」を調べ続けた。情報を得るたびに、執刀医に伝えた。

執刀医も熱心に応え、さまざまな医療機器を取り寄せてくれた。だが、現実は残酷だった。いくら試しても声は出ない。生まれつきの障害がない人はそれらの方法で声が出るようだが、私の場合は違った。失敗に終わるたび、悔しくて泣いた。

結局、声が出ない状態は三カ月ほど続いた。残された方法は一つ。それは気管内に入れるチューブを通常の五分の一ほどの、二センチほどのものに交換すること。だが短いチューブにすると、誤嚥の恐れや痰が取れにくくなるリスクがあった。最悪、肺炎の再発で集中治療室へ逆戻りになる可能性があるとも言われた。執刀医以外はみんな反対した。だが、私は頼み込んだ。

「これが佐藤さんにとって、自分の声を取り戻せるラストチャンス」

執刀医はそう言ってチューブの交換を認めてくれた。

喉元のチューブを差し替えた後、執刀医は私に聞いた。

「佐藤さん、声は出ますか？」

私は声を出すために、大きく息を吸い込んだ。

「魔法」で声を取り戻せ

自分の声を取り戻せるラストチャンス――。そう医師に言われて、喉に短いチューブを入れた後、声が出るかどうか確かめる直前の私は、恐怖でいっぱいだった。だが、その数日前に、尊敬する社長がかけてくれた「魔法」を思い出すと気持ちが落ち着いた。

東証一部上場のソフトウエア企業「サイボウズ」の青野慶久社長。ネットで名刺製作などを請け負う仕事をしている私は、青野社長と以前からご縁があった。私は入院後、声を失うかもしれない不安をネット上に書き込んでいた。彼は深刻な状況を知り、東京から名古屋まで見舞いに来てくれた。

それまで見舞いの人はプライベートなつながりの人が多かった。仕事関係の人たちは私が復帰できるかどうか分からない状況で、どう声をかけていいか分からず、戸惑っていたのではないかと思う。

そんな中で、彼は違った。突然、「僕もお見舞いに行っていい？」とメッセージが届き、続けて「ベホイミ（回復魔法）を唱えに行くから待ってて」と連絡があった。私は冗談だと思っ

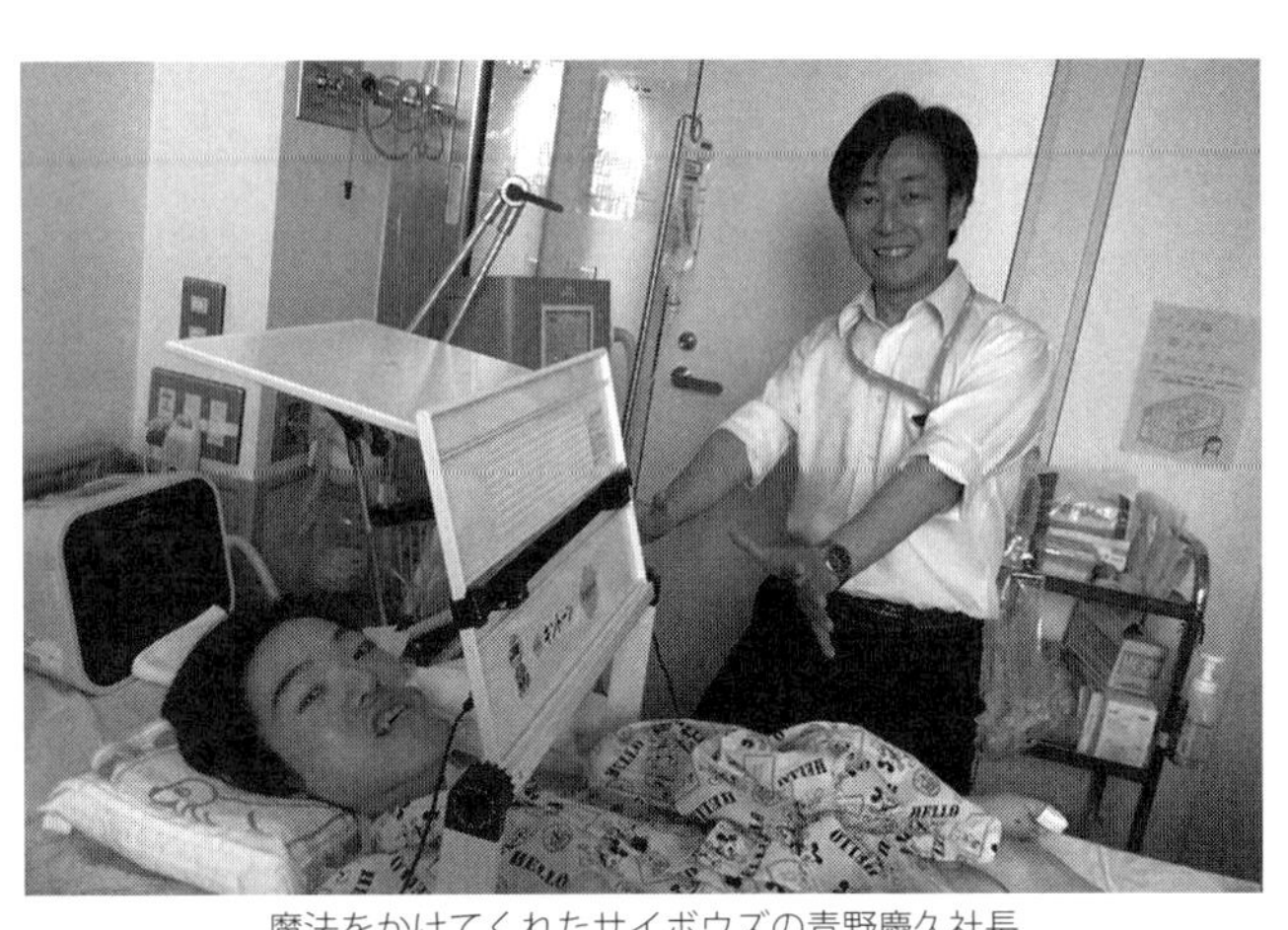

魔法をかけてくれたサイボウズの青野慶久社長

ていたが、彼は本当に仕事を抜け出し、一人で来てくれた。彼は病室でパソコンをしている私を見るなり、「こんなに古いパソコン使っていたら、だめじゃない」と話し、「数日中に新しいパソコンを届けますから」とも言ってくれた。

帰り際、魔法をかけるような手ぶりを交え、少年のような笑顔でこう言ってくれた。

「佐藤さんは日本の宝ですから。まだまだ頑張ってもらわないと」

大げさなぐらい、でも何よりも誇らしく、ありがたい言葉と魔法だった。彼は私の復帰を疑わず、信じてくれていたのだ。

私の恐怖心は消え、思わずクスッとした。そして本当に、奇跡という名の魔法がかかった。

声が戻った！　病室も笑顔

声を取り戻した瞬間、私は震えるほど歓喜した。人生の中で、あの時ほど達成感を感じた瞬間は他にない。

三カ月ぶりに発した言葉は、

「声が……出た……」

人工呼吸器の力を借りての発声で、小さくか細かったが、大金星。母や看護師は、みんな涙していた。こんなうれしい時になぜ泣くのか、私は不思議だった。

その時、喉のチューブ交換をしてくれた執刀医が笑顔で言った。

「良い声ですね。ちゃんと声は出ています。もう大丈夫」

その瞬間、私は涙があふれて止まらなくなった。涙声まじりの中、途切れ途切れに「ありが、とう、ござい、ました」と言った。

「人といっぱいお話ししてください。それがリハビリになり、そのうち前と同じように話せるようになりますから」

執刀医はそう言って、続けた。

「来月東京の病院に行くことになったんです。最後に佐藤さんの声が聞けて本当に良かった。

ありがとう」

彼は私に最高のプレゼントを残し、病室を後にした。

家族や友達、仕事でお世話になっている方々に電話し、声を取り戻した報告をしていった。病棟の看護師たちともたくさん話をした。集中治療室から戻った後の約三カ月、壮絶な日々を懸命に支えてくれ、いつも変わらない笑顔で励ましてくれた看護師たちが大好きだった。

退院のめどがたったころ、私は病室で二十五歳の誕生日を迎えた。病院での誕生日と聞くと、気の毒に思えるかもしれない。だが、私はとても幸せだった。看護師たちが手作りのカードなどを作って病室でお祝いしてくれた。切望した声を取り戻した私は、仕事復帰への希望に満ちていた。何より幸せを感じたのは、周りにいる人たちがみんな笑顔に戻ったことだった。

長期入院で気づいた「社長」がすべきこと

一方で、入院は私に大きな変化をもたらしていた。入院する前と後では、社長という仕事に対する考え方が大きく変わりつつあったのだ。

私はそれまで、仕事というものは命を懸けて行なうもので、自分のような重度障害者が世の中に社会参加するには、そのくらい当たり前だと思っていた。私にとって会社は、重度障害者の自分が働くための場所としてスタートしたものだった。

だが、自分が長期入院で会社経営を離脱して気がついたことは、本物の経営者というのは、たとえ自分がいなくても、その会社が安定して回り続けるようにしなければならない、ということだ。

「会社＝社長のための組織」ではなく、「会社＝社会の役に立ち続ける集団（チーム）」で居続けることこそが、社長の端くれである自分が本当の意味で目指すべき姿なのではないか。

そして、この考え方に変わりつつあった私に対し、さらなる転機があった。それは共同経営者の幼なじみから、新たな会社を立ち上げたく、「仙拓」を退職したいという申し出があったのだ。

起業当時から一緒に会社を運営してきた幼なじみだった。退職したいという話を聞いたときは正直不安な気持ちが大きかったし、もし次に、自分に体調不良や怪我（けが）で何かあった場合、今度こそ会社倒産の危機になるだろうとも予想できた。

でも、もし仮に私に何か不幸な事態があった際、それで会社が倒産してしまうようなことになれば、それこそ私はあの入院生活から何の学びも得ず、何の対策も講じていなかったことになり、完全に社長失格と言える。

二〇一八年の春、幼なじみの共同経営者は会社を退職した。そこから私は、会社の経営スタイルを大幅に一新した。まずは私がこれまでやっていた仕事を三つのカテゴリーに分類した。それは次の通りだ。

1. 自分にしかできない仕事
2. 自分でもできる仕事
3. 自分ではできない仕事

単純なカテゴライズに思えるかもしれないが、私はそれまでこの三つのうち、二番目の「自分でもできる仕事」を大幅に抱えていた。理由は簡単で、自分がやったほうが早いし楽だからである。だが実は、これは会社というチームとしては一番やってはいけないことで、従業員の育成も低下させ、何より業務が属人的になってしまう。

だから私は「自分でもできる仕事」はほぼ全て手放し、「自分にしかできない仕事」に集中した。「自分ではできない仕事」に関しては積極的に人材募集をし、他企業との提携も試みた。するとこの数年間で「仙拓」という会社はチームらしくなり、私の業務負担も圧倒的に減った。また、そのおかげで最近では私自身、新事業の立ち上げにも集中できるようになり、結果的に会社にとっては大きくプラスとなっている。

もちろん会社としてはまだまだだし、私自身も経営者として至らない点も多くある。売り上げが思うように上がらなかったり、時には命を落としかけたりと、この十年、本当に色々なことがあった。

それでも私は「寝たきり社長」として、これからもささやかながら誰かの役に立てるように全力で生きていきたいし、自分がいなくなっても会社が存続できるように最高のチームを作っていきたい。

決して負けない強い心

東海中央ボーイズ　監督　竹脇賢二

佐藤仙務さんとの出会いは、私が二〇一二年に立ち上げた中学硬式野球チームが練習するグラウンドでした。チームの名誉会長を務めていただいている東海市議会議員の蔵満秀規さんより、チームの顧問になっていただけるとご紹介を受け、グラウンドに来ていただきました。

ご自身のキャッチフレーズである、まさに「寝たきり社長」がグラウンドに訪れ、どのように顧問としてご活躍いただけるのかと、最初は戸惑いました。しかし、株式会社仙拓を立ち上げ、自身を含めた障害者が存分に働くことができる会社を作り、社会に広くその現状や問題点を投げかけていた仙務さんとの対話を通じて、その明晰な頭脳や対話力、そして何者にも負けない行動力と胆力に「負けてはいられない！」との感情が湧いたことを覚えています。

お帰りの際に「次に来るまでに肩を温めておきますね！」とジョークを言われたので、仙務さんはご自身の先天的な症状を、誰もがもつ個性の一部ととらえ、自身のことを深く把握し、愛されているのだ、と感じました。

私が監督を務める中学硬式野球のクラブチーム「東海中央ボーイズ」は、「不屈不撓の精神で全員野球」をキャッチフレーズにしています。成長の著しい時期である中学生の子どもたちが、硬式野球を通じて何事にも決して負けない強い心と身体を持つことができるように、との思いで指導しています。名誉顧問としてチームの支援をしていただくこととなった仙務さんに、その生い立ちや、社会に対して感じてこられたこと、仕事を通じて社会に貢献し自立していく道を探している状況などを講演で話していただきました。子どもたちが社会を学習できる場を設けることができ、仙務さんが持つ「不屈不撓の精神」で鼓舞していただきました。

その後の仙務さんは、株式会社仙拓の経営にとどまらず、東海市のふるさと大使、経営管理学ＭＢＡの取得、大学講師、企業のアドバイザーと、多岐にわたり挑戦、活躍を続けています。負けてはいられない、東海中央ボーイズも仙務さんの勢いに乗り、二〇二三年の春季全国大会で優勝、目標のひとつである「日本一」を達成することができました。

負けず嫌いの仙務さんは「ホームケアステーションさてと」の事業成功はもちろん、自身が代表を務められる電動車いすサッカーチーム「太田川 ORCHID」の日本一を画策しているに違いありません。太田川 ORCHID と東海中央ボーイズが揃って日本一になる日は遠くないと感じています。

第二章　「見えない壁」を越えてゆく

嫉妬の闇から救ってくれた、ネット越しの「もしもし」

「ゲームをやるとバカになる」「インターネットは害悪だ」

こんな会話をたまに聞く。

本当にそうだろうか。

インターネットを使って人を傷つけたり、ゲームをやり過ぎたりして生活に悪影響がでる人ももちろんいる。でも、約十五年前、嫉妬という闇から私を救ってくれたのはオンラインゲームだった。

「それじゃあ、家に帰ってから野球な。昨日は負けたけど、今日はホームラン打って勝つから」

私はそんなふうに自信たっぷりな表情で言いながら、迎えに来てくれた母に連れられて帰っていく。

中学生のとき、私は兄たちに嫉妬していた。兄たちは学校が終わった後、友達と遊びに出かける。カラオケやボウリング、ゲームセンターや友達の家などに行く姿はとても楽しそうに見えた。

一方、私は小学一年生から高校三年生まで名古屋の特別支援学校に通っていた。ご存じの通り、自分を寝たきりと名乗るほどの重い障害がある私は、自分の力で学校へ通うことさえできなかった。母に送迎してもらい、友達の多くも車で送り迎えをしてもらっていた。通学もできない私たちにとって、放課後に遊びに出かけるなんてことはできるはずもなかった。

「仕方がない。仕方がないことなんだ……」

そう自分に言い聞かせようとするものの、納得いかない部分はあった。そんなとき、友達が昼休みにこんな提案を持ちかけてきた。

「今日学校から帰ったあと、電話しない？」

私は「いいけど、あまり長電話をしちゃうと電話代がかかるからって怒られちゃうんだよね」と答えた。

すると、友達は少し自慢げな口調でこう言った。

「仙務(ひさむ)くん実はね、今はインターネットを使ってパソコンで電話ができるんだよ」

どういうことだろう——。友達に詳しく聞くと、こういう内容だった。

まだ音質はそこまで良くないし、電話のようにタイムラグがなく話せるわけではないが、家電屋さんでヘッドセットというイヤホンとマイクがついたものを買って、それをパソコンにつなげば簡単な設定で会話ができるらしい。それに、たとえ長電話をしてもインターネットへの接続料金のみで電話代はかからない。

さっそく、こづかいでヘッドセットを買い、友達にインターネットを使って電話をかけた。

「もしもし」

というと、ヘッドセットから

「もしもし、聞こえるよ」

と返ってきた。この瞬間、インターネットの可能性に心が震えた。

それからというもの、学校から帰るとパソコンを立ち上げ、毎日のように友達とインターネット通話をした。なれてくると、ただ話をしてるだけではつまらなくなり、何か通話しながら遊べるものがないかと探し始めた。そこで「オンラインゲーム」に出合った。

一般的なテレビゲームと違い、インターネットにつながったパソコンやスマートフォンを使って、遠く離れた人とリアルタイムでゲームが楽しめる。スマホが普及したこともあり、今でこそ広く知られるようになったが当時は違った。

はじめは音声だけだったが、すぐにカメラを使ってお互いの顔を見ながら一緒にゲームで遊べるようにした。

「これがあれば別に実際に会わなくても十分遊べるね」

心の霧が晴れた瞬間

何げない会話だったが、友達がふとその言葉を発したとき、私は心からうれしくなった。「兄たちがうらやましい」。そんなねたみがあった心の霧がスッと晴れた気がした。そしてこうも思った。

「インターネットを使えば障害というバリアを越えられるんだ」

もうお気づきだと思うが、先に述べた「野球」というのも実は、本当の野球ではない。オンラインゲームの野球だ。待ち合わせ場所はグラウンドではなく、インターネット上の空間だ。当然ながら、グラブやバットを持って一緒にプレーするはずもない。

重い障害があり、思ったように家から出られない状況でも「できないと思っても、やる方法はきっとある」というマインドになったのは、インターネットとゲームのおかげである。

前にこのコラムで、視線入力で「あつまれ どうぶつの森」をプレーすることについて書いたが、それを読んだという障害者向けのテクノロジー製品を開発する会社の方が実際に私に会いに来てくれた。彼はあの記事を見て、「うちの開発した製品を使えば、もっとゲームが快適にできますよ」と言った。

オンラインゲームに初めて出合って十五年。今ではインターネットやオンラインゲームはさらに進化し、「ｅスポーツ」というジャンルまで誕生した。私のまわりの障害者たちも「ｅスポーツ」であれば、障害者と健常者の垣根を越えて競い合えるという理由でチャレンジしている人が増えている。

この時代の流れが、心からうれしい。

小学三年生、人生を変えたパソコンとの出合い

私は時々、こんなことを考える。それは「もし私が五十年前に生まれていたら？」という思考実験だ。

なぜそのようなことを考えるかというと、私が重度の身体障害者で寝たきりだからだ。

私は今、自身を「寝たきり社長」と称し、会社経営を行なっている。自分のような寝たきりの状態でも会社を経営できるのは、間違いなく現代のテクノロジーの進歩のおかげと言える。寝たきりでもテクノロジーをうまく使えば働けるし、会社経営だってできる、ということを今の私は証明できている自負がある。

だからこそ、インターネットやコンピューターがない時代に生まれていたら……と考える。

きっと私はベッドの上で何もすることができずに、ただ退屈な毎日を過ごしていたと思うのだ。

そんな私がコンピューターと出合ったのは、ちょうど物心がついたころ。家で父親が触っていたのだ。当時の私はまだ幼く、あまり興味はわかなかったが、それでも慣れないコンピューターに四苦八苦しながら、目を輝かせている父の表情を鮮明に覚えている。

本格的に自分でコンピューターを触り始めたのは小学三年生のときだった。学校の宿題で毎日、日記を書くというものがあったのだが、先天性の進行性難病から徐々に筋力が弱くなっていく私にとって、文字を書くという行為が次第に難しくなってきたころだ。

ある日、小学校の先生が「音声入力という方法があるよ」と目を輝かせながら私に教えてくれた。その先生の勧めで自治体の補助を活用し、親にノートパソコンを購入してもらったのが始まりだ。音声入力そのものは、まだ精度が悪くて使い物にならなかったけれど、それ以来パソコンは、私の生活に欠かせないものになっていった。

なかでも、日本語入力ソフトの予測変換機能には感動した。「き」と打つだけで「今日は」という文字が出る。手で書くのではありえないことだった。私は、日記や作文といった課題は、少しずつノートパソコンに切り替えていった。パソコンを使えば、無駄な作業が減るし、効率がよくなる。そんなことをおぼろげに感じていた。

だが、当時の特別支援学校の先生の中にはコンピューターに苦手意識を持つ人も、もちろんたくさんいた。授業中に私がノートパソコンを取り出してほしいと依頼しようとすると、「授業中に遊ぼうとするんじゃない」と怒って、とりあってくれない先生もいた。みんなが手書きでノートを取っている中で、ひとりだけパソコンで、というのはなかなか受け入れ難かったようだ。

ただ、中学三年生になった時、私は今までにない先生と出会った。その先生は国語の先生で、コンピューターにとても興味を持っていて、学校の授業の際にも積極的に活用していた。少年のような人で、コンピューターで何か面白いことができるようになると、生徒に自慢げに見せていた。それに、障害をもつ私たちの役に立ちそうなツールを見つけると、うれしそうに教えてくれた。

今ではコロナ禍を経て、リモートワークも当たり前になったが、当時はその存在や利便性を知る人は少なかったインターネット通話も、先生はすでに活用していた。私も、夜遅くに先生とインターネット通話をしたことがあったが、その日の夜は、テクノロジーのすごさに感動して眠れなかった記憶がある。

「できない」を「できる」に――後輩への思い

その先生に出会ってから、私は今まであきらめていたことをインターネットやコンピューターを使ってチャレンジできないかと考えるようになった。そしてある日、コンピューターでパラパラ漫画を作ってみたいと思いついた。

その理由は、通常であれば自分の手で大量の絵を描かなければならないパラパラ漫画も、コンピューターを使えば自分の手で絵を描くことができない私でも、実現できるのではないかと思ったからだ。同じような障害を抱える友人たちと一緒に作りたいと思った。

私はそのアイデアを総合学習の授業でやってみたいと思った。でも、総合学習の先生に話をしたところ、「そんなしょうもないことはやらなくていい」と言われ、とても落ち込んだ。

ところが、コンピューター好きの先生に話したら「面白そうじゃないか、ぜひやってみたらいい」と言ってくれた。その先生いわく、何から何までコンピューターを活用することが大事とは言わないが、コンピューターやインターネットを活用することで、障害者ができないとあきらめていたことができることになるのであれば、それは絶対に使うべきだという持論だった。そして、総合学習の先生に話をしてくれた。

おかげで、私は友人たちと一緒に学校の授業で、コンピューターを使ってパラパラ漫画を作ることができた。自分たちでストーリーを考えて、デジカメでとった写真を取り込んだり、専用のソフトを使って絵を描いたりして、十五秒ほどのパラパラ漫画の動画を作って、友達や先生たちの前で発表した。

みんなに「すごいね」と褒められ、私は今まで以上にコンピューターの可能性に魅了された。

それから私は、現代のテクノロジーを最大限に活用することで、あらゆる「できない」を「できる」に変えてきた。もし、子どものころにパソコンとの出合いがなければ、もし、あのとき友人たちと力を合わせてパラパラ漫画を作っていなかったら、今ほどコンピューターを活用していなかったかもしれない。経営者にも、なっていなかったかもしれない。

だからこそ私は、私が子どもだった二十年前よりさらなる飛躍を遂げたテクノロジーを、後輩の障害児が有効に活用できていない姿を見ると、心の底から「もったいない！」と叫びたくなる。

私が子どものときは精度が悪かった音声入力も、今や無料で、だれでも使える時代になった。話すことが苦手なら文字を入力して機械に読み上げてもらえばいいし、視線だけで入力できるツールだってある。

そんな思いから、私はいま、新しい事業の立ち上げを準備している。障害児や障害者がＩＣ

T（情報通信技術）を活用するための教室を開講する予定だ。ただノウハウを伝えるのではなく、その子が何をできるようになりたいか、何をやりたいかを聞いて、それをどうしたら実現できるかＩＣＴを使って一緒に考えたいと思っている。

講師は、最近学校を定年退職された、あの「コンピューター好きの先生」に依頼した。中学時代以来のどこかワクワクした気持ちで、開講に向けて奮闘中だ。

「視線入力」の大きな可能性

長期にわたる入院中に、声を失いかけた。私はそれまで自分の声で会話ができることを当たり前に思っていたし、自分の声が出なくなるなんて想像していなかった。だからこそ、声が出なかった一時期は、絶望と不便さに苦しみ、もだえた。

退院後もあの出来事を思い出すたび、こう考えるようになった。同じような状況下で苦しんでいる人たちを助けたい。奇跡的に声を取り戻すことができた私だからこそ、社会に還元できる役割があるのではないか。

アイデアはあった。今や私の生活や仕事には欠かせない「視線入力」によるパソコンなどの機器の操作を広めることだ。視線入力を使えば、声を出せなくてもコミュニケーションを取ることができる。

実は入院中の私は、視線入力についてよく知らなかった。教えてくれたのはロボット研究者として著名な吉藤オリィ氏。二〇一四年にフェイスブックで知り合った。彼は当時から「OriHime」というロボットの開発でメディアにも多く取り上げられていた。偶然、私が入院中、視線だけでコミュニケーションができるソフト「OriHime eye」を開発し、発売していた。

彼は名古屋出張の帰りに見舞いに立ち寄ってくれた。既に声は取り戻していたものの、ほぼ寝たきりだった私の筋力は衰え、パソコンのマウスを操作する指も動かしにくかった。

彼は私に「OriHime eye」を試させてくれた。パソコンの画面上に表示される文字盤に視線を合わせると、指示した文字が読み上げられた。言葉にできない感動だった。私は視線入力の開発はできないが、当事者目線で良さを広めることはできる。次なる挑戦のアイデアが誕生した瞬間だった。

視線入力の普及に助っ人

退院した後、まず私がしたことは、パソコンの環境設定だった。視線入力によるパソコン操作を行なうためだ。ものすごく高額な機器が必要だと思うかもしれない。だが、目の動きでマウスを操作する「視線入力デバイス」という機器やソフトウエアは全部合わせても、三万円でお釣りがきた。

私はそれまで、動かしにくい両手の指先でマウス操作を行なっていた。視線入力に切り替えてからは仕事のスピードが格段に速くなった。それまでは、A４の紙一枚の文書を打つのに一時間ほどかかっていた。視線入力を使えば、今では十五分ほどで打つことができる。

この便利さを体を自由に動かせない人に広く知らせたい。それには協力者が必要だ。いくら私がネットで発信しても、本人が試さなければ、良さは伝わらないと感じたからだ。手取り足取り使い方を教え、サポートする存在が必要だと思った。

そんな時だった。私はＳＮＳで、名古屋の椙山女学園大のある教授と出会った。彼との共通の友人がおり、私がメッセージを送ったのがきっかけだった。やりとりで、彼が情報分野を専門としていることが分かり、意気投合。「一緒に世の中に有意義な取り組みをしよう」という話になった。

彼は正規教員としては定年退職しており、太鼓判を押す後輩の先生を紹介してくれた。私と会ってみたいという数人の女子学生らも来てくれ、大学の応接室で自己紹介しあった。

会話の中で、ふと思いついた。視線入力の普及活動を大学の先生や学生と一緒にボランティア活動でやってみたらどうだろうか。私は彼らにアイデアを話してみることにした。

皆、とても興味深く話を聞いてくれたが、誰も視線入力がどんなものなのか知らなかった。私は、自分のパソコンを大学に持ち込み、どうやって視線入力を使っているかを見てもらい、先生や学生にも試してもらう場を設けてもらった。

最初は慣れない様子だったが、皆、目の動きに合わせてパソコンの操作が行なえる便利さを知り、驚いていた。学生たちは、体を動かせず、視線だけを動かすことができる障害者の存在自体を初めて知ったようだった。

その瞬間、私は「視線入力の普及活動は、学生たちにも有意義な出会いと経験をもたらす」と確信した。でも、どうすればいいのか。悩んだ。すると、ＳＮＳで知り合った椙山女学園大の教授とその後輩の先生が「佐藤さんがアドバイザーとなってサークルを立ち上げては」と提案してくれた。

大学に応援サークル

特別支援学校出身の私は正直、大学のサークルがどんなものか、想像できなかった。でも、活動の幅が広がるのであればと、やってみることにした。

しかし、大学公認のサークルを立ち上げるには、いくつか条件があった。まず、部員の確保。最低でも五人以上の学生の加入が必要で、初めて大学を訪問した際に私と会ってくれた学生はもちろん、彼女たちの知り合いの学生にも声をかけてもらうことに。特別支援学校や病院に声をかけ、学生ボランティアを受け入れてもらう準備もした。

サークル名は話し合いの結果、こう名付けられた。テクノロジー（TECH）で障害者を応援（YELL）するという意味で、「YELLTECH（エールテック）」だ。

仕事以外でも誰かの役に立てる

二〇一七年、障害者をテクノロジーで応援する学生サークル「YELLTECH」を椙山女学園大で発足させ、視線入力の体験会を開いた。特別支援学校の先生や医療関係者らに声を掛け、脳性まひの高校生と私と同じ病気の脊髄性筋萎縮症の小学生も来てくれた。

車いすに乗った子どもたちは寝たままパソコンの画面を見ながら文字が打てることに興味津々の様子。特別支援学校に通い、大学生とふれあう機会がない中、目はきらきら輝いていた。

使用したソフトウエアは、入院中にロボット研究者の吉藤オリィ氏から見せてもらった

「OriHime eye（オリヒメアイ）」、そして私がふだん、仕事やゲームでも活用しているユニコーン製の「miyasuku（みやすく）」。いずれも無償提供してもらい、両社にはソフトウエアを体験会を通じて宣伝することを約束した。こういった渉外術は、私がサークルに唯一貢献できることだった。

新型コロナの感染拡大の時期は、大学で体験会を開くなどのサポート活動はできなかったが、YELLTECHは発足後三年あまりで、私の母校の特別支援学校や病院など、さまざまな場所でボランティア活動を行なった。二者択一クイズに視線入力で答えるゲームなど子どもも楽しめる仕掛けも顧問の先生が作ってきた。そのたびに私はたくさんの笑顔を見て、仕事以外でも誰かの役に立てるという充足感を感じることができた。

もし、YELLTECHを発足していなければ、私が入院中に味わった涙の日々は単なる苦しみで終わっていた。だが、障害者として同じ当事者を少しでも笑顔に変えることができたなら、あの絶望体験も悪くはなかったのかもしれない。

ユーチューバーは結構大変

二〇一九年、私は「ユーチューバー」デビューした。ユーチューブは世界最大の動画共有サービスで、誰でも自由に自作動画を投稿できる。人気ユーチューバーとなれば、何億、何十億円と稼げる。今では子どもたちにとっての憧れの職業だ。

それまで私はフェイスブックやツイッター（現在はX（エックス））など、SNSで自身の活動を発信してきた。だが、文字や写真だけでは伝わらないことが多いと感じ、動画投稿にもチャレンジすることにした。

チャンネル名は「ひさむちゃん寝る」。「ひさむ」は私の名前だが、「寝たきり社長」と名乗って活動している自分に親しみを持ってもらいたくて、そう名付けた。やるからには目標を持とうと思い、二〇一九年末までにチャンネル登録者数を一〇〇〇人集めることを宣言。SNSで登録をお願いすると、知り合いたちが拡散に協力してくれ、約二カ月で目標を達成できた。

「ひさむちゃん寝る」では、これまで私が出会ってきた方たちの活動も知ってほしいとインタビューも企画した。例えば、病院で子どもたちにパフォーマンスを披露して楽しませる「ホスピタルクラウン」の大棟耕介さん。私自身、四年前の入院中に誕生日をクラウンに祝ってもらい、うれしかったこともあり、活動の原点などを話してもらった。風船で動物を作ったり、イスや脚立をおでこに乗せて持ち上げたりするパフォーマンスも披露。私と同じく地元・東海市のふるさと大使を務めているプロレスラーのドラゴン・キッドさんにも登場してもらった。

自分のチャンネルを持って情報発信できる意義は大きい。だが、始めて約十カ月、実感するのはユーチューブの世界を甘く見ていたということだ。子どもたちの多くは、ユーチューバーになれば楽しいことをやりながら楽して稼げると思い込んでいるようだが、決してそんなことはない。

動画で収益より大切なもの

ユーチューブを始めて、一番大変だったことは動画の撮影と編集だ。もともと動画編集は、子どものころから知り合いに頼まれて、卒業式や結婚式用のスライドショーなどを手伝っていた。だがユーチューブとなると、その難しさは全くの別物だった。どんな動画を撮るのか自分で企画を練り、撮影して編集。公開した動画をSNSで宣伝していく。撮影や編集には、一本作るのに三、四日かかる。

ユーチューブの撮影はスマートフォン一台でできなくもないが、視聴者が見やすい本格的な画質や音声を実現するには、カメラやマイク、そして、照明などの機材が必要だ。私はそれらの機材だけで数十万円を先行投資した。

その分ユーチューブは稼げるのでは？と思う人もいるかもしれないが、そうは問屋が卸さない。確かにトップユーチューバーとなれば何億円と稼げる人もいるが、ユーチューブを始めたほとんどの人は収益化条件に達せずに趣味レベルで終わる。収益を得るためには「チャンネル登録者数一〇〇〇人以上」、「総再生時間が直近十二カ月で四〇〇〇時間以上」（二〇二〇年十月現在）が最低条件だ。仮にその条件を達成したとしても広告収入は一再生あたり〇・〇五〜〇・一円程度といわれている。

私もチャンネル登録者数はもうすぐ二〇〇〇人になるが、まだ再生時間の壁が越えられず、収益化はできていなかった。それを理由に、周りの人からは「定期的に動画を公開するのは大変だろう」とか、「稼げないならやめてしまえばよいではないか」と言われることもある。

だが今の私はユーチューブをやめるつもりは全くない。なぜなら、そもそもユーチューブを始めた理由も収益目的ではないからだ。もちろん、収益を得られるのはベストだが、動画配信を手掛けることで収益よりも大切なものが手に入ったからだ。

仕事する姿を動画配信で証明

ユーチューブを始めたのには理由があった。「寝たきりの私が本当に仕事をしている」ことを世の中に証明するためだ。

私は寝たきり社長と称し活動しているが、「本当に自分で社長業をやっているのか？」と疑われることが少なくなかった。実際、これまで来社した人の中にも私がいない所で「本当はお母さんが会社をやっているのでは」と母に聞く人もいたし、インターネットのコメント欄でも「必ず誰かが操っているはずだ」と書き込まれたことがある。

そういったネガティブなことを言われたところで、私が会社を経営している事実は変わらないわけだが、それでも納得できない部分があった。そこで思いついた一つのアイデアがユーチューブというわけだ。

ユーチューブでは自分が仕事をしている姿や、活用している最新のテクノロジーを紹介してきた。視線入力でパソコンの操作を行なっているシーンや、コロナ禍で社会現象になった話題のゲーム「あつまれ どうぶつの森」を視線による操作のみでプレーしている動画も公開した。社長業の中で知り合った経営者の方々とも対談して、私の生の声、思いを動画でみんなに証拠として見てもらった。

すると、これまでにはない反響があった。「障害者でも働いて偉い」、これまでは、そんな人ごとのようなメッセージが多かった。健常者による障害者の評価という、上から目線で自分を眺められているかのように感じたことがあった。だが最近では「テクノロジーの正しい使い方を学びました」とか、「今はこんなこともできるんですね」など、私の仕事やライフスタイルに対する評価や感想が多く届く。この連載を読んで、ユーチューブにコメントしてくれた読者の方もいた。私の社長業を疑う人が減ってきて、今まで以上にファンになってくれる人が増えたと感じている。

ライブの魅力と難しさ

新型コロナウイルスの影響でステイホーム期間中に、ライブ配信にも挑戦してみることにした。ユーチューブのようにあらかじめ撮影、編集した動画を配信するのではなく、テレビの生放送と同じようにリアルタイムで動画配信を行なうものだ。

きっかけはユーチューブ同様、コロナ禍で例年のような講演会やイベント出演のオファーが減ってしまったことが一因。だが、それ以上に、会社のメールやSNSのメッセージで「佐藤さんと直接話せる方法はないのか」という連絡をたくさんの方からいただいたことが大きかった。ライブ配信を行なうことで、視聴者は配信者にリアルタイムでコメントを送ることができ、配信者はそのコメントを読み上げることもできる。自分もライブ配信を始めれば、より多くの方にファンになってもらえ、交流もできると考えた。

以前にも遊びでライブ配信を試したことはあった。方法はとても簡単だった。カメラ付きのパソコンやスマートフォンがあれば、すぐに始めることができる。私はすでに持っていたユーチューブのチャンネルでライブ配信を試してみることにした。特に事前告知はしなかったが、ユーチューブのチャンネル登録をしてくれている人は二〇〇〇人近くいるし、「数十人くらいには見てもらえるのでは」と高をくくっていた。

だが、ふたを開けてみれば初回のライブ配信の視聴者は、ゼロだった。ここで私は気づいた。ライブ配信はリアルタイムで交流ができる一方で、視聴者はリアルタイムで視聴しなければならない。つまり、自分の好きな時に見ることができるユーチューブの動画配信とは違った工夫が必要になる。初回は失敗に終わった。

生配信継続、ファンクラブも

転んでもただでは起きない私は、作戦を練り直した。ライブ配信はリアルタイムに視聴してもらう必要があるので、どの時間帯が見やすいか、周りに尋ねた。すると、多くが「夜」と答え、放送日や時間も固定が良いのではないかとアドバイスをくれた。配信のサービスもいろいろ試し、自分に一番合っているものにしようと考えた。その結果、ＳＮＳで人を集めやすく、視聴者もコメントを書き込める「ツイキャス」というサービスを使うことにした。

ライブ配信は毎日夜十時から三十分行なっている。かなり大変だが、継続することで十〜十五人の固定の視聴者ができた。視聴者と配信者という立ち位置では面白みがないので、ファンクラブも作ることにした。これは独自の戦略だ。ファンクラブ名は視聴者と相談して、「寝る寝～ず団」と名付けた。視聴者を団員と呼ぶことで、チーム感が生まれるし、障害や難病というネガティブな印象を取り払うには遊び心も必要だ。クッションやマグカップなどのオリジナルグッズの販売も始めた。

そのおかげでお金を寄付する「投げ銭」をくれる視聴者も出てきた。最近はフェイスブックで知り合った同じ難病の女子高校生やローカルラジオのパーソナリティーらをゲストに招き、対談も実施している。

最初はユーチューブもライブ配信も誰も見てくれなかったが、あきらめずに継続していけば、一筋の光が差し込んでくるものだと感じた。先日は、ＴＢＳの「新・情報７ＤＡＹＳニュースキャスター」という番組から、ライブ配信などの活動を取材したいと依頼があり、全国放送で紹介された。僕についてのＶＴＲを、出演者のビートたけしさんも見てくれて感激した。

出会いの導き　スケート満喫

出会いは人生の醍醐味だが、インターネットでのご縁は、この時代ならではだ。

数カ月前、会員制交流サイト（ＳＮＳ）を通じてある女性と出会った。女性は福祉の仕事に携わっており、私が非常勤講師を務めている大学に娘さんが通っているという。

何か不思議な引き寄せを感じた私は、メッセージのやりとりで「もし良ければ、お会いしませんか」と提案した。すると快諾していただき、娘さんも交えて会ってみることになった。

共通の知り合いがいることや、大学の話ですぐに意気投合。私は女性の娘さんがフィギュアスケートを習っていたという話に一番興味を持った。普通なら「すごいですね」と返すだろう。でも私はこう言った。

「僕もスケートしたいです。一緒に滑りませんか」

「車いすでスケートですか？」

女性と娘さんは少し戸惑っていたが、すぐにスケートの先生に連絡を取ってくれた。すると、先生の提案で、名古屋市の「大須スケートリンク」を貸し切れることになった。歴史ある

車いすで氷上の滑走を楽しむ

リンクだが、車いすで滑るのは、前例のない試みだったそうだ。
　車いすのタイヤにはペットボトルを縦半分に切ったものをカバーとして装着。中学時代に車いすでスケートをしたことがあり、こうすればタイヤで氷面を傷つけないことを覚えていた。
　娘さんが重たい車いすを押し、一時間も滑り続けてくれた。車いすは、でこぼこがある道路では、ガタガタ揺れる。でもリンク上では滑らかに進んだ。スピードが速く、風も感じた。日常では絶対に味わえない爽快感。最高に楽しかった。私はまた、出会いの素晴らしさと、挑戦する喜びを知った。

働くかたわら、心残りは大学進学

「僕、大学に行ってみたいと思っているんだけど」

高校三年生のころの話だ。私は就職活動をするか、大学に進学するかを迷っていた。

私がそう言うと、母はこう答えた。

「ダメとは言わないけど、お母さんが大学に毎日ついていって、介助することはできないよ」

母は誰よりも私の体のことを分かっていた。日常生活全てにおいて介助が必要なため、家から大学まで通うことのほかにも、教室移動や講義中のノート取り、テスト問題での代筆など、学習面で何かと介助が必要となることを。そして、講義時間外には食事やトイレのサポートも必要になってくることも。

「大学に四年間通ったところで、就職できるところはあるの？」

そう言われた時、私は「あるよ」とは言えなかった。仮に大学生活を過ごす上でのサポートを四年間、家族やボランティアさんの介助で全て解決できたとしても、私には大学卒業後の「自分が働いている」という姿を全くイメージできなかった。

お金を払って授業を受ける立場でさえ、私は大学や行政に万全の状態で臨めるようサポートしてもらったり受け入れてもらったりできないのだ。働いてお金を受け取る立場になった場合、そんな私を雇いたいと思ってくれる会社が果たして存在するのだろうか。

ふとそんな疑問を抱いた。そしてしばらく考えた結果、私はいったん大学進学をあきらめることにした。高校を卒業してから私は会社を立ち上げて社長になったが、正直心残りがあった。特別支援学校出身の障害者である私は、健常者の学びの世界で通用するのか。いつの日か、どうしてもそれを知りたいと思った。

大学院進学への扉が開いた

障害の重さから大学進学をあきらめた私は、就職活動でも挫折し、最終手段として会社を起こした。働く場所がないのであれば自分で作ろうと考えたからだ。

しかし、起業して数年たった時、私は会社経営に行きづまりを感じ始めていた。思ったように売り上げが上がらない。新しい事業の立ち上げもうまく作り込むことができない。何より、自分の周りに事業計画に関する相談相手すらいなかった。

それまでは直感のみで行動し、ひたすら根性論で突き進んでいた。だが「世間知らずの自分が、手探りで経営を続けていても必ず失敗するだろう」とどこかで察知していた。当時まだ二十歳そこそこだった私は、目には見えないガラスの天井に頭をぶつけている感覚を覚えた。

そんな時、ＳＮＳを通じて、ある男性から私にこんなメッセージが届いた。

「大学院で本格的な経営（ＭＢＡ）を学びたいと思われませんか」

その男性は、ネットを通じた「ｅラーニング」で経営学を学べる東京の大学院の職員だった。彼は私のＳＮＳや書籍を読んだといい、「特待生という枠で入学してみないか」と誘ってきた。しかも、提示された条件は「授業料全額免除」だった。

最初は不思議に感じた。なぜ私なのか。詳しく話を聞くと、彼はこう言った。

「パソコンが活用できるのであれば、本学のｅラーニングでの学習は適切だと思われます。あらゆるハンディを乗り越えて、次世代のリーダーとして経営を学んでいただくためにも、佐藤さんを強く推薦したいです」

そう聞いた瞬間、私は何かビビッとくるものを感じた。同時に高校時代に大学進学をあきらめた心のアザが妙にうずき始めた。

経験値の自負を胸に

大学院から特待生入学の話が来た後も、私は少し悩んだ。学費の心配もいらなければ、自宅からeラーニングで授業を受けられることで、かつて大学進学をあきらめる最大の理由だった通学の心配もいらないのである。だが、それでも不安はあった。

日常の社長業をこなしながら、最後までやり遂げることができるのか。体は持つだろうか。特別支援学校の高等部までしか学んでいない私が、勉強についていくことができるのか。他の学生の多くは四大卒で、名門大学の出身者もいるという。一人だけ障害者が交じって、みんなにばかにされないだろうか。正直なところ、自信がなかった。

しかし、このチャンスを断ったら、私は必ず後悔するとも考えた。私には学歴こそないものの、十九歳で起業した実績はある。「働く場所がなかったから」と自分で会社を作った経緯は他の人にはない経験だろうし、手探りながらも会社経営にチャレンジしてきた自負があった。その点、他の学生の多くはこれから起業を目指していく人ばかりだ。私は基礎学力では不利ではあるが、現在進行形の経営者として経験値では負ける気がしなかった。

私は数日悩んだ結果、母に「大学院から特待生入学の誘いが来てるんだけど、どう思う？」と尋ねた。母は「学費は自分で払えるの？」「通学はどうするの？」と次々質問してきたので、私は一つ一つ答えた。母はひとしきりの質問を終えた後、いつものようにあきれたような顔をした。そして、ため息まじりにつぶやいた。

「じゃあ何で聞くんだろうね。どうせ、止めても聞かないくせに」

私は小生意気にニヤッと笑いながら、「よく分かってるじゃん」と答えた。

はじめてできた健常者の学友

大学院に入学した私は、勉強についていくのに必死だった。毎日仕事の合間に講義の動画を視聴してはレポートを書く。週末にはテレビ電話を使い、他の学生とのグループワークをすることも多かった。入学した直後は気持ちが張っていたのだが、半年が過ぎたころから正直、社長業との両立に厳しさを感じ始めていた。

仕事でもそうだが、学業でも期日というものがあり、それを守り続けるということは容易ではない。それでも途中で投げ出さなかったのは自分で決めたことだからであるが、もう一つ、一人の女性との出会いがあった。彼女は大学院の同期で、ふだんは助産師をしているという。入学前にＳＮＳで連絡をくれたことから交流が始まった。

大学院はインターネットで講義を受けることができるので、どこに住んでいようと学生にはなれるわけだが、やはり東京在住の学生が多かった。正直私は、大学院生活の中で友達をつくることはないと思っていたのだが、彼女は東京に住んでいても、積極的に私に連絡を取ってくれた。

どんな科目を取った方が良いのかを相談し合ったり、テレビ電話をつないで、講義で分からない箇所や課題を一緒に解いたりもした。私は子どものころから特別支援学校で育ってきたので、それまで健常者の学友というものはあまり想像できなかった。だが、社長業だけでは得られないつながりができ、何だかとてもうれしい気持ちになった。

私が二〇一六年に四カ月の入院をして大学院を休学した時も、同期の中で誰よりも心配してくれた。彼女は私がたとえ復学できなくても、「退院したら名古屋に遊びに来る」と約束してくれ、退院後に、本当に東京から私に会いに来てくれた。彼女は今も大切な友人だ。

障害者就労へひらめく！

二〇一八年に激震が走った「障害者雇用水増し問題」。中央省庁の八割にあたる行政機関で、合わせて三〇〇〇人以上の障害者雇用が水増しされていたことが報道で明らかになった。良くも悪くも障害者雇用という言葉が話題となった年だ。

私は初めてこのニュースを見た時、特に驚きはしなかった。だが心配だったのは「行政すら障害者を雇えていないのだから、民間が雇わなくてもいいのでは……」という空気が生まれないか、ということだった。

実際、私の周りの多くの経営者と話をすると、「障害者雇用は難しい」とか「障害者との接し方が分からない」というネガティブな声を多く聞く。中でも一番多いのは「法定雇用率に達しないと外部への体裁が悪い」という悩みだった。

法定雇用率は、障害者雇用促進法に基づき、国や自治体、企業などが職員数に応じて一定割合以上の障害者を雇用しなければならないと定められている。多くの企業の経営者や人事部はこの法定雇用率に頭を抱えている。なぜなら達成できなければ、企業は納付金の支払いや社名公開などのペナルティーが課せられるからだ。今の日本の障害者雇用は「強制」であり「共生」ではないのは明白と言える。

私自身、障害者でありながら経営者でもあるので、障害者雇用の難しさは誰よりも分かっているつもりだ。実際、私の会社にも多くの障害者から「雇ってほしい」「仕事がしたい」という連絡が届くのだが、その全ての声に応えられない力不足を日々痛感していた。会社で雇っているのはたかだか数人の障害者だ。私は水増し問題を批評できる立場ではない。

だが二〇一八年春のこと。私は大学院のゼミの中で、ある画期的な事業を思いついた。この事業が形になれば、私は障害者の働き方に革命を起こせるという自信があった。

未来を開く鍵は「テレワーク」

大学院でひと通りの単位を取得した二〇一八年ごろ、私は院生生活の山場を迎えていた。大学院生である以上、誰もが最終関門として突破しなければならない修士論文である。私が入学した経営大学院はネット上で受講できる「eラーニング」ではあったものの、修士論文に相当する事業計画書の作成という課題があった。

私は大学院生であると同時に、既に自身の会社を経営する社長だったが、それまでは事業立ち上げの時は、手探りで行なっていた。だが、大学院での事業計画書の作成は決して甘いものではない。自分のやりたい事業が市場で需要があるかどうかを調査して分析する。教員に紹介してもらった企業にインタビューを申し込み、事業計画書が実現した場合に利用してみたいかどうかも率直に聞くのだ。

ただ、私には既にどうしてもやってみたい事業計画案があった。その計画にインスピレーションを与えたのは同じ年に発覚した「障害者雇用水増し問題」だった。中央省庁の約八割の行政機関で障害者雇用が水増しされていたという例の一件だ。障害者の就労の形は、使用者側が障害者を直接雇用し、障害者がオフィスに出勤するのが一般的だ。だが、時間や場所に縛られるこの固定概念こそが、障害者が働きにくい世の中をつくっているのではないかと私は考えていた。そうした障害者の雇用の形を求めているのは世間であり、私は会社を立ち上げた二〇一一年以降そのことを疑問に思っていた。

私の考えた事業計画は、在宅で働くことを希望する障害者と、業務委託をしたい企業をマッチングするサービスだ。通勤が不要ということでハードルが下がり、より多くの障害者に働く場を提供できるのではないかと思った。コロナ禍で健常者にも一気に広がった「テレワーク」の先取りだった。

この事業計画をゼミの教員に見せたところ、「実際に利用してもらえる根拠はあるのか」と尋ねられた。いくら大学院で学んだ知識や分析を基に事業計画を作っても、実際に利用してもらえなければ、単なる机上の空論で終わる。

どうしたものかと考えていた私のもとに、ある会社から取材依頼のメールが届いた。世界のトヨタグループの機械メーカー「豊田自動織機」からだった。工業で有名な愛知の中でも、豊田自動織機は群を抜いて有名だ。

内容を詳しく読むと、豊田自動織機が発行している情報誌の取材とのことだった。インタビュー対象者は豊田自動織機の社長が指名した人を選んでおり、私に興味を持ってくれた社長と対談をすることができるのだという。

私はこれまで大手企業の経営者に駄目元で連絡を取ったことはあっても、逆に大手企業から連絡をもらったことはなかったので大変驚いた。そして、インターネットでその情報誌を調べると、過去の取材対象者は錚々たる顔ぶれの著名人ばかりだったため、私は少し尻込みさえしてしまった。

私がゼミの教員たちにそのことを話すと彼らも驚き、すぐさま私に「せっかくなので、社長さんに事業計画書を見てもらってはどうか」というアドバイスをくれた。

だが、私は正直悩んでいた。いくら取材で会いに来てくれるとはいえ、初対面の方に自分の作った事業計画書を見てほしいというのはさすがにずうずうしいのではないか。大企業の社長に見せて恥ずかしい出来なのではないか——。私は数日悩んだ後に、答えを出した。

私はこのチャンスを逃す手はないと思い、受けることにした。せっかくの機会なので、社長に事業計画を見ていただくことに決めた。ただし、事前にそのことは伝えていなかった。

「打ち合わせにないことをして失礼だ」と叱られたり、計画の評価が低かったりして、私自身が落ち込む可能性もあった。だが、もしそうだったとしても、そんなことは後で笑い話にすればいいだけのことだ。たとえ失敗したとしても、挑戦しなかったときの方が後悔は大きくなる

豊田自動織機・大西朗社長（当時）との対談

と思った。

豊田自動織機の大西朗社長（当時）は他の数人と一緒に私の会社まで足を運んでくれた。まずインタビュアーに私が経営する会社の事業内容や起業のきっかけなどについて聞かれた。その後、対談になると社長は開口一番、笑顔でこう言った。

「佐藤さんの本は何度も読んで、枕元にも置いていますから」

私はとても驚いた。大手企業の社長が、私の書いた本を読んでくれたというのだから、正直信じられない気持ちだった。「社交辞令だとしても、なんて光栄なことだろう」。心の中でつぶやいた。

社長はカバンからおもむろに私の出版した本を取り出し、テーブルの上に置いてみせた。「いやね、前からお会いしてみたいと思っていたんですよ」と言いながら、本のページをぱらぱらめくり始めた。

本には、たくさんの付箋やメモ書きがあった。読み込んだ証拠に、側面部分がすり減っていた。私は確信した。社長はきっと障害者就労支援に強い関心がある。そして、こう切り出した。

「ぜひ、社長にご覧いただきたいものがあります」

障害者と企業を結ぶ試みの実現

私は、思い切って大学院で考えた事業計画を見てもらえないかとお願いした。大西社長はすぐに私の意図をくんでくれた様子で、「会社に戻り次第、読ませてもらいますね」と笑顔で言ってくれた。私は緊張で胸がドキドキしていたが、ひとまず資料を受け取ってくれた社長の優しさにほっとした。

数日後、思いがけない連絡があった。社長からの直々のメールだ。事業計画を読み、興味深いサービスなので前向きに利用してみたいという内容だった。また、そのためにも人事部の担当者を紹介したいという。私は大変驚いた。大企業の社長が社交辞令やその場しのぎではなく、本当に私の事業計画を読んでくれたのだ。

だが正直、事業計画の感想をもらえるとは期待していなかった。私が十代で会社を立ち上げて十年近くたつが、実際にこういったことをお願いした場合、相手が中小企業の経営者であったとしても、十人に一人も返事はもらえないものだ。「では、仕事をお願いしますね」と言って、本当に仕事をくれる人なんてもっと少ない。それが私が知るビジネスの厳しさだった。

だが、大西社長は違った。言葉通り、社長はすぐに人事部の方につないでくれ、在宅で働くことを希望する障害者と、業務委託をしたい企業をマッチングするという、私が考えたサービスを試しに使ってもらえることになった。

その後、そのマッチングサービスには「チャレンジドメイン」という名前が付き、今も豊田自動織機グループに継続的に利用してもらっている。おかげで在宅の障害者ワーカーにとっても働けるチャンスが生まれた。社長には心から感謝しており、今でも、公私ともに仲良くさせていただいている。

大学院を修了しMBA取得

在宅で働くことを希望する障害者と、業務委託をしたい企業をマッチングするサービス

「アカデミックキャップ」を投げ仲間たちと祝う

「チャレンジドメイン」。私はこの事業計画を大学院時代に思いつき、修了前に論文にまとめて発表をすることになった。

講評者は学内の人だけではなく、学外からも呼ばれた。私は大学院がある東京都内ではなく愛知県内に住んでいるため、リモートでの発表になった。もちろん緊張した。だが、それ以上に感謝と喜びが大きかった。二〇一五年に大学院に入ってからの三年半の間に、学習が難しくてくじけそうになったり、大病をして長期入院を余儀なくされ自主退学さえ考えたりした時期もあった。大学院生活のラストステージを迎えられて、感無量だった。

ありがたいことに私は人脈に恵まれている人間だ。それに自分で言うのもおかしいが非常に運が良く、大学院で論文発表をする前には、豊田自動織機の大西社長と対談する機会があり、「チャレンジドメイン」について「興味深いサービスですね」と言っていただけた。講評者からも、その実現性については高い評価を受けた。

そして二〇一九年の春、私は大学院修了の日を迎え、ＭＢＡ（経営学修士）を取得することができ、修了式当日は母と一緒に東京に出向いた。修了生の仲間たちとは、「アカデミックキャップ」を空高く投げた。映画などでよく、卒業生がかぶっている、四角いあの帽子だ。ふわりと宙に舞い上がる帽子を車いすから眺めながら、心の中でこう思った。

「人生はできっこないことに挑戦するからこそ、楽しいんだ」

これから先、私は「仙拓」という会社を本気で上場させたいと思っている。障害者が働く環境に、さらに革命を起こしたいと画策している。本気で経営を学び、ライバルたちと競い合いながら経営学修士を取得し、自信がついたからこそ、健常者と障害者の間にある「透明で見えない壁」をぶち壊していけると思っている。

第三章　出会いは未来をひらく

コブクロがくれた希望

私には大好きなミュージシャンがいる。「コブクロ」だ。きっかけは中学三年生のころ、音楽の授業でバンド演奏をすることになり、選曲がコブクロの「桜」になったことだ。

初めて彼らの音楽を耳にした時、まっすぐな詞と心に響き渡る歌声に衝撃を受けた。何より、二人の「歌を届けよう」とする情熱と誠実さにひかれた。

いつもコブクロの音楽を聴いていた。気持ちがどん底に落ちても、コブクロの音楽のおかげで、心にすむ「あきらめ」という魔物を追い払うことができた。彼らの音楽はすべて好きだが、ピンチの時は必ず「光」という曲を聴く。歌詞にはこうある。

暗闇に差し込む光にかざした
その手でいつしか　夢をつかむ君に
僕ができる事はただ1つ　君が
この道の果てに

目を伏せてしまっても
「こっちだよ」って手をたたいて
君が前を向けるように
君の進むべき方へ

集中治療室（ＩＣＵ）でもＣＤをかけてもらい、聴いていた。生死の境をさまよい、生きることがつらくて目を閉じてしまいそうな場面でも、「あきらめないで、こっちだよ」と励ましてくれた。コブクロがいなければ、今の私は私でなかったとも思う。

子どものころから「いつか、コブクロの二人に会う」と口に出していた。周りの人は笑っていたが、私は本気だった。

ファンになって約十年がたった時、私の夢を知った友人につてがあり、「コブクロの二人に会わせてくれる」という。私は歓喜した。しかし、東京へ会いに行く準備をしていた二〇一六年三月、私は入院することに。肺炎による呼吸器不全で、ＩＣＵに入った。一時は声まで失いかけ、どん底に突っ伏していた。だが、奇跡は起きる。

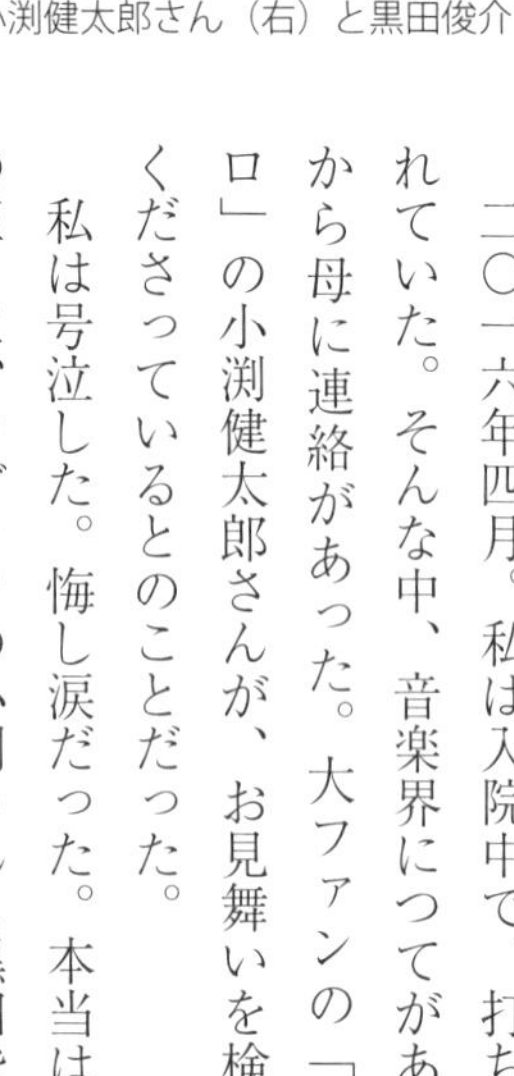
コブクロの小渕健太郎さん（右）と黒田俊介さん（左）

生涯忘れられない日

二〇一六年四月。私は入院中で、打ちひしがれていた。そんな中、音楽界につてがある友人から母に連絡があった。大ファンの「コブクロ」の小渕健太郎さんが、お見舞いを検討してくださっているとのことだった。

私は号泣した。悔し涙だった。本当は入院前の三月に、コブクロの小渕さんと黒田俊介さんに会う夢をかなえていたはずだった。入院中の私は声が出なかった。お二人には、どうしても自分の声でお礼を言い、元気な姿を見せたかった。私は、丁重に断ることにした。友人も母も驚いていた。でも本気の夢こそ、妥協はしたくなかった。

半年後、私は奇跡的に声を取り戻し、完全復活した。その友人と名古屋のコブクロのライブへ行き、終演後に会う時間を取ってもらえることになった。

私は緊張で胸が高鳴った。ついに待望の対面を果たした瞬間、私は泣きながら「十年間、ずっとお会いしたかったです」と言った。小渕さんは「やっと会えましたね」と言い、黒田さんが「三月に会えなかったですもんね」と言いながら手を強く握ってくれた。小渕さんは私の涙をティッシュで拭ってくれた。

別れ際、小渕さんが「これは僕がふだん、使っているものです」と言って私にギターのピックを手渡してくれた。最後に、三人で記念写真を撮ることもできた。それも小渕さんの自撮り写真だ。私は写真を撮っている最中、少しだけ後悔していた。夢のコブクロに会えたのに、ずっと泣いてしまっていたからだ。

小渕さんは撮り終えた後の写真を確認し、私に見せながら笑顔でこう言ってくれた。「涙で写真がキラキラしてるね」。私にとって一生忘れられない日になった。夢をかなえてくれた友人にも心から感謝している。

調整のつかない訪問介護を変えたい

介護人材不足が懸念されているが、困っているのは高齢者だけではなく障害者も同じだ。もちろん、私も例外ではない。

私がヘルパーを利用し始めたのは中学生のときだった。当時は母が訪問介護の会社と調整を行ない、派遣してもらっていた。だが、母は「希望する日時が空いていなくて、全く予約できない」と嘆いていた。

私の希望日には利用できず、会社の空き状況に私が都合を合わせた。それでも中学三年間で、利用できたのは数えるほど。高校卒業後は、訪問介護の会社との調整を私が自分で行なうようになった。だが私の望む日、望む時間に、私の体を理解して介助ができるヘルパーを派遣してもらうことはかなわなかった。

「申し訳ありませんが、希望する日程の派遣はできません」

友人たちと遊びに出かけるために、何カ月も前から依頼していた時でさえ、訪問介護の会社に直前で断られることもあった。そのたびに、友人たちに「ごめん。また、遊べなくなった」と謝りの連絡を入れていた。

「障害者が自由な生活を送れないのは仕方がないことなんだ」。次第に、そう自分に言い聞かせるようになっていった。

インターネットで新しい訪問介護の会社を探し続けた。数十件、数百件はゆうに超すほど電話をかけた。だが、どこも口をそろえて「すみません、新規契約の余裕なんてありません」。開口一番で断られた。

「これを最後の電話にしてあきらめよう」。そう思い、ある訪問介護の会社にかけると「はい！もしもし！」と元気の良さそうな男性が出た。

この電話、この男性との出会い。この時の私はまだ、自分の生活が一八〇度変わることになるとは気づいていなかった。

「自由に選べること」が当たり前

私はその訪問介護会社の社長に電話口で、ヘルパーが利用できず困っていると伝えた。

社長は「それでしたら、うちを利用してください。一度そちらにお邪魔してもいいでしょうか」と提案してくれた。

数日後に、社長と会う約束をしたが、話の順調さに疑問を抱いていた。何百件もの会社に電話してきた中で、これほど快く話を聞いてくれる人とは出会ったことがなかったからだ。

社長は今までに出会ったことがないタイプの方だった。口調は介護職というより、サービスマンのように低姿勢。耳にはピアスをはめ、私はどんな人間なのかとても興味を持った。

彼は、私の障害の状態や生活パターンなどヘルパーとしての支援に必要なことをいろいろ質問してきたが、最後にこう聞いてきた。

「何かご希望がありますか」

私は「わがままかもしれませんが、月一回だけでもいいので、友達と会うなど自由に外出がしたいです」と返した。

彼は、何やら不思議そうな表情で私を見た。そして、確認するような尋ね方で「月一回だけでいいんですか?」と聞いてきた。私は「月一回でも今まで難しかったんです」と答えた。

「そうなんですか」と言いながら、彼は急に窓の方を眺めた。

「今日は本当に良い天気ですね」

何の話だろうと思いながら聞いていると、

「出かけるために一カ月前から予約とか、お出かけは月一回でいいとか私だったら我慢できないですね」

そして最後に、彼は笑顔でこう言った。

「今日は天気が良いから外出しよう。雨だから家で過ごそう。そうやって自由に選べることが本来、当たり前だと思うんです」

この時、自分の人生が豊かになっていく予感がした。

良いヘルパーに恵まれ感謝

どうすれば自分の望む豊かな生活ができるのか。寝たきりの私が思春期のころから抱えてきた問いだ。答えは分かりきっていた。必要なのは、支えてくれる人材。私は訪問介護会社にヘルパーを紹介してもらってきたが、人手は足りなかった。そこで、「自薦ヘルパー」という方法を利用してみることにした。

通常、訪問介護をお願いしたい時には、訪問介護会社に電話をし、希望日時を依頼。すると対応できる人が派遣される。

一方、自薦ヘルパーは利用者が自分でヘルパーの求人を行なって面接する。条件が合えば、そのヘルパーを訪問介護会社に登録し、勤務のシフト調整も利用者が行なう。いわば、専任ヘルパーを見つける仕組みだ。私は地元のフリーペーパーやネットのサイトなどで募集した。

気管切開や胃ろうもしている私の場合、通常の介護に加え医療的ケアも必要だ。そのため、ヘルパーには医療的ケアの研修も行なってもらった。

自薦ヘルパー探しは、手間も求人費用もかかり、安定的な利用までに三、四年がかかった。だが、理想的なヘルパーたちに出会え、少しずつ、望む生活に近づき、生活は一変した。

もちろん、今でも訪問介護会社の社長にはお世話になっているし、彼のおかげで、私の人生は間違いなく可能性が広がった。

その日の天気や気分で自由に外に出かけ、友人とも遊びに出かけられる。行ってみたいラーメン屋やカフェにも行けるように。何より付きっきりで介助してくれてきた母の負担を大きく減らすことができた。あらためて障害福祉サービスを補助してくれる国や私が住む東海市、私の介護に携わってくれる全ての関係者に心から感謝したい。

ヘルパーたちと出会った後、私は入院して声と命を失いかけた。退院後の生活もヘルパーが支えてくれ、新たにチャレンジしたい目標も生まれた。

学校に行かなくなった兄

「どうするの？　今日は学校行くの？　行かないの？」

小学一年生だったころ、朝起きると私の家ではこんな言葉がよく飛びかっていた。その言葉を発しているのは母で、それを言われているのは私ではなく、二学年上の兄だった。

小学三年生だった兄は、ある日突然、学校に行きたくないと言い出した。最初は行きたくないと言いつつ学校に通っていたが、いつしか、学校に行く準備をし、ランドセルを背負うが、自宅の玄関口から動けなくなっていた。

両親が「何で学校に行きたくないのか」と尋ねても、兄はいつも黙りこくって、その具体的な理由を答えることはなかった。

私は、名古屋の養護学校（現在は特別支援学校）に通っていた。先天性の難病で重度の身体障害がある私は、小学三年と五年の二人の兄と違い、地元の小学校に通うことはできなかった。

どこの子どもがいる家庭も同じだと思うが、朝というのは戦争だ。母は父を会社へと見送り、そして全介助の私をはじめ、健常児である二人の兄たちに朝ごはんを食べさせる。兄たちを小学校へと見送ったら、次に母は私を車に乗せ、今度は家から四十分ほどかけて名古屋の養護学校に送っていく。

もちろん、朝の送りだけではなく、帰りも迎えに来てもらう必要がある。母は日によって自宅と養護学校を何往復もしていた。この生活は私が小学一年から高校三年までの約十二年間続いた。

振り返ってみれば、それだけでも母は毎日ハードな生活だったと思うのだが、それに追い打ちをかけるように、小学三年の兄は不登校になった。

養護学校についてきた兄

すると母は、学校を休みがちになった兄を家で一人にするわけにもいかず、私が通う養護学校によく一緒に連れて来るようになった。やがて、朝と帰りの送迎には兄が必ずいることが当たり前になった。

当時小学一年生だった私は、朝と帰りの四十分という通学時間に暇を持て余していたので、車中で兄と遊べるのは楽しかった。だが一方で、兄の学校に行きたくないという心境は全く理解できないでいた。学校は行きたい・行きたくないではなく、誰もが行くものだと思っていたからだ。

ただ、私が当時「学校に行きなよ」と兄に言ったことは一度もなかった。

兄は養護学校に来るたび、いつも目をキョロキョロさせていた。自分の弟が重度の身体障害児とはいえ、障害児だけが通う学校というのは、兄にとってまさに未知の世界だったのだろう。

「ひさむ、あそこにあるのは何?」

学校の中に入ると、兄があるものに指をさした。そこにあるのは「ボールプール」だった。

ボールプールというのは、たくさんのボールが敷き詰められたプールで、赤ちゃんや幼児が遊ぶ印象があると思うのだが、足や体にボールを触れさせることで、触覚を刺激し、運動能力の発達を促進することを目的として置いてあることが多かった。

養護学校では私のように一般的な教科書を使って学習する子もいたが、中には意思疎通をすることと自体が難しい子がいるので、そういった子どものためにはとても必要なものと言える。

「ボールプールだけど、でも勝手に入ったら……」

私がそう言いかけると、兄は私の話なんて聞く耳を持たず、ボールプールに思いっきり飛び込んだ。そしてボールの上で両手両足をバタバタと動かし、仰向けに寝転んだ。そして兄はケラケラと笑いながら、私にこう言ってみせた。

「学校にボールプールがあるなんていいなー」

当時私は、兄のその言葉を聞いて、ちょっとだけムスッとした。なんだか養護学校を小馬鹿にされているような気がしたし、正直私は好きで養護学校に通っているわけではなかった。ましてや、小学三年になってまでボールプールに飛び込む兄の姿を見て、なんて幼稚なのだろうとも思った。

不登校のまま小四に……

兄はその後も、自分の通っている小学校に行くことはなく、毎日のように私の学校についてくる日々が続いた。私も幼心に不思議だと思っていたが、そんな生活や状況を誰よりも不安に感じていたのは母だった。母は口に出して言わなかったが、きっと心のなかで「このままずっと、学校に行かなくなるのではないか」と心配していたはずだ。

母としては、何とかして学校に行ってもらいたい思いがあり、兄と交渉した結果、一緒に学校に行くことで話がついたようだった。日中は母に教室の後ろにいてもらい、教室で一緒に過ごす。そんな日々が始まった。

それから母はますます忙しくなった。朝は父を会社へと見送り、そして五年生の長男を小学校へ見送った後、私と不登校の兄を車に乗せ、私の通う養護学校に向かう。私を送り届けたら、今度は兄と小学校に行って、一緒に教室で過ごす。もちろん放課後になると、母は兄を連れて養護学校まで迎えに来てくれる。兄は日によって、母が付き添っても学校に行けない日もあった。

だが、そんな状況を魔法のように一変してくれる人物が現れた。私にとってはもちろん、当時の兄にとっては、まさに救世主的な存在だったに違いない。

それは兄が不登校になったまま小学四年生になったころ。出会いは、桜がちらほらと咲き始めた季節のことだった。

兄に届いた先生の言葉

そんな生活を続けて、兄が小学四年生になった春のこと。転機が訪れた。四年生になった兄のクラスの担任が新しい先生へと代わった。当時五十代ぐらいの女性の先生だったのだが、兄が不登校になっているといううわさを耳にし、以前から気になっていたという。その先生は自身のお子さんが不登校だった経験もあったそうで、きっと不登校だった私の兄のことを放っておけなかったのだと思う。

先生は本当に優しくて明るい人だった。四年生になっても母と登校する兄に対して「一人で学校に来なさい」ということを言わなかった。むしろ学校は無理に行くべき場所ではないという持論を持っていた。それに先生は教室の後ろで兄を見守る母を決して邪険にすることなく、「私では分からない目線で、お母さんが気づいたことを何でも教えて」と言っていた。

兄は先生のことをとても信頼しており、「学校が終わったら家に遊びに来て」とよく言っていた。先生は多い時には週何回も家に立ち寄ってくれた。

だが、そんな怒濤のように思えた生活にも終わりが訪れる。それはある日、先生が学校でふと兄にこう言ったことがきっかけだ。

「もし途中で帰りたくなったら、先生がすぐに家まで送ってあげる」

きっと、他の先生が同じことを言っても兄は首を縦に振ることはなかったと思う。でも、先生がそう言うならと、学校に一人で行くチャレンジを始めた。

これは後日談だが、先生は当初から兄の不登校を深刻に捉えていなかったらしい。ただ、先生は年の近い弟が障害児である兄にとって、母親を私に取られている感覚がしているはず、と心配していたようだ。だから先生は、兄が母と一緒に学校に行くことも決して否定せず、教師としても全力で愛情を注いでくれた。

それからというもの、兄は不登校ではなくなり、学校もほとんど休むことはなかった。そして私も兄がきっかけで、その先生と仲良くなることができた。先生は小学四年生の兄の担任を終えた後、今度は一つ下がって三年生の担任になった。そのころ私も三年生になっていたので、先生の計らいで兄の通う学校に行く機会が増えた。

先生のクラスで健常児のみんなと交流を深めた。当時私は、養護学校で過ごす日々を日記に記していたが、それを見せると興味津々で見てくれたことがうれしかった。

私はずっと養護学校ではなく、一般の小学校に行きたいと思っていた。でも実際に行ってみると、思っていた以上に大変な部分もあった。少人数の養護学校と違い、大人数の子どもたちの中で過ごす上で、自分の居場所や役割というものをどこで見いだせばよいのか分からなかった。その時、何となくだが、兄の学校に行きたくないという気持ちも理解できた気がした。

あらためて気づいた「養護学校もいいところ」

それからも兄はときどき、私の通う養護学校に遊びに来た。そして、恒例のように学校に来るたびに目をキョロキョロさせ、ボールプールを見つけては、間髪入れずに勢いよく飛び込むのだ。手足をバタバタと動かし、ケラケラと笑いながらも、いつかと同じように私にこう言うのだ。

「学校にボールプールがあるなんていいなー」

私はやっぱり幼稚な兄だなと思いながらも、少しニヤッとしてこう返した。

「養護学校も、なかなか良いところでしょ」

あれから二十年以上の月日が経った二〇二一年、先生は今でも不登校の子どものための支援をしているという。そして兄も今では、家庭を持ち、この春からランドセルを背負うことになった女の子の父親をしている。

「うんと賢くなってね」——おばあちゃんの一〇〇円の教え

「ねえねえ、おこづかいって月にいくらもらってる？」

中学や高校時代、よく友だちとそんな話をした。「うちは三千円だよ」という子もいれば、「俺のところは五千円」と自慢げに話す子もいた。大人でもそうだが、子どもにとってもお金の話は盛り上がる。

話の流れで「仙務(ひさむ)くんはいくら？」と聞かれることもあったが、うちに毎月のおこづかいはなかった。友だちに「ほしいものが買えなくて大変だね」と言われても、私は笑いながら「全然そんなことないよ。毎月のおこづかいはないけど、お小遣いをもらえる方法はあるんだ」と返すのだが、みんなはきょとんとしていた。

「一〇〇点取ったら一〇〇円あげる」

私には二人の兄がいる。私と違って身体に障害はない。五体満足だ。兄たちは小さいころからよく祖父母が営んでいた農業を手伝い、そのたびに祖父母からおこづかいをもらっていた。私の両親は、私を含めて兄弟全員におこづかいをくれなかった。両親いわく、「何もしていない人に小遣いをあげる理由はない」という理屈らしい。

すると、兄たちはおこづかいがほしいがために、チャンスさえあれば率先して祖父母の手伝いをしていた。一方、私には農業の手伝いができない。もちろん手伝いは大変だろうし、兄たちは「お前みたいに家でゲームしてる方が楽で良いわ」と言ってきたが、それでも手伝いができて、その対価でお金がもらえる兄たちがとてもうらやましく思えた。

そんなある日。私が小学校に上がるとき、祖母は私にこう言った。

「仙(ひさ)ちゃんには一〇〇点取ったら、おばあちゃんが一〇〇円あげる」

小学生にとっての一〇〇円はとても大きい。一〇〇円あれば、色々なものが買える。農業の手伝えない私でもその条件なら達成可能だ。それからというもの、私はおこづかいがほしくて勉強を頑張った。低学年のときは、そんなに努力しなくても一〇〇点は取れた。でも、高学年、そして中学生にもなると、相当な努力をしないと一〇〇点が取れなくなっていった。

祖母は年齢が上がるにつれて、達成条件のおこづかいをアップしてくれたが、高校生にもなると、半端な努力では一〇〇点は取れなくなった。

だが、祖母は一〇〇点でなくても、私が作文コンクールやエッセーコンテストで賞をとったり、学校で生徒会長に選ばれたりすると、それはもうとても喜んでくれた。いつも近所の人に「仙ちゃんは身体は動かないけど、孫の中で一番賢いんだから」と誇らしげに話してくれた。私にも「誰にも負けないぐらい、うんと賢くなってね」とよく言っていた。

優しくも力強い「頑張ったね」

私が大人になり、本を出版したりテレビに出演したりするときにはこまめにチェックしてくれた。そして、私が何か結果を残すことがあるならば、「すごいすごい。お小遣いをあげよう」と言いながら、私の右手に数枚のお札と、優しくも力強い「頑張ったね」をくれた。「もう自分で働いて稼いでいるんだから、お小遣いはいらないんだよ」と私が言おうものなら、きっと祖母は不機嫌になったに違いない。

そんな祖母は二〇一四年にがんで亡くなった。晩年、私は自分で稼いだお金で祖母や祖父にプレゼントをしていた。ただ、当時は起業して数年目。あまりお金はなかったので、高価なものは買ってあげられなかったが、それでも兄たちには恩返しで負けたくない意地があった。

私は身体障害者だ。子どものころから、いや、今でもそうだが、周りの人からよく「そんな身体なんだから、そんなに頑張らなくてもいいよ」とか「あなたが働かなくても誰も文句は言わないよ」と言われる。確かにそうかもしれない。

でも、祖母は障害がある私に「一〇〇点が取れるほどの努力をしたら、いいこともあるんだよ」と伝えてくれていた。世の中では、障害者は「オンリーワンを目指せばいい」とか、「一番でなくてもいい」と言う人もいるが、私はそうは思わない。「オンリーワン」になりたいのなら、やはり、どんなことでもいいから得意なことで「ナンバーワンになるべき」だと思う。最初からオンリーワンを目指すのではなく、ナンバーワンを目指していくなかで、自分だけのオンリーワンにたどり着くと思うのだ。

祖母は「一〇〇点で一〇〇円」から、私に大切なことを教えてくれた。

「自分のできることでナンバーワンを目指す大切さ」

「得意なことやできることを自分で探す大切さ」

「一生懸命に努力して、ナンバーワンを目指す気持ちよさ」
「障害者だから努力しなくていい、なんてことはない」

そしてなにより、障害者も努力を続けていれば、世の中に認められるということを。

憧れの「サトシ」から熱いエール

初めて映画館に行ったのは七歳の時だった。学校の夏休みに、母と二人の兄、友人家族と行った。当時すでに車いすに乗っていた私は、ふだん家で見るテレビと違い、あまりに大きなスクリーンに映る映像に圧倒された。その映画は「ポケモン」だった。

なかなか思うように外に出て遊べない私にとって、ポケモンのゲームやアニメが救いだった。学校ではポケモンに詳しいというだけで、人気者になることもできた。その大好きなポケモンの主人公「サトシ」の声優・松本梨香さんと先日、リモート対談する機会をいただいた。

私のユーチューブチャンネルにゲスト出演してくれたのだ。出会いのきっかけは知り合いの紹介。二十代で亡くなった松本さんのお兄さん「あんちゃん」には障害があったこともあり、松本さんは私の活動に興味を持ってくれた。

私はサトシのトレードマークの帽子をかぶってリモート対談に出演した。とても緊張したが、幼少時代からの憧れの声優さんと話ができて感無量だった。大のポケモンファンであることを松本さんに伝えると、とても喜んでくれた。松本さんは、外出時に人からじろじろと見られる「あんちゃん」の前に立ちはだかり、体を張って守ったこともあったそうだ。「あんちゃん」は声優として活動する松本さんのことを応援していたという。大好きな「あんちゃん」との思い出を語る松本さんの目からは涙があふれ、「きっと仙務さんの活動で救われる人がいるはず」という温かい言葉もかけてくれた。

「仙務、ゲットだぜ！」

最後に松本さんは、サトシの決めゼリフをアレンジして言ってくれた。「コロナが落ち着いたら、次は会いに行きますね」とも。子どものころの自分に、幸せな今の自分の姿を見せてあげたい。

ふるさとの力になりたい

二〇一六年、私は地元・愛知県東海市の「ふるさと大使」に委嘱された。そのことが発表されたのは、毎年行なわれる市の秋まつりの日だった。イベントの最中、鈴木淳雄市長から大使の委嘱状を受け取り、私は歓喜した。やっと「市に認めてもらえた」との思いがあふれた。

私は兄たちと同じ東海市の小学校ではなく、名古屋市内の特別支援学校に通った。五歳の時、母になぜかと聞くと、母は「東海市では認めてもらえなかった」とだけ答えた。内心、悔しく、複雑な思いを地元に対してずっと抱えてきた。

だが、地元で広がった縁が私を導いてくれた。名誉顧問を務めている少年野球チーム、小中学校での講演……。自分が出演するメディアでも市をPRすることが増え、それを知った市長が大使に選んでくれた。自治体が設けている観光大使やふるさと大使の制度で、寝たきりの障害者が委嘱されるのは全国的にも異例だという。

大使になった後は市の姉妹都市がある沖縄にも出向き講演を行なった。自分のブログやSNS、そしてユーチューブでも東海市の魅力を紹介する動画を配信している。昨年十二月には、高さ約十八メートルの大仏が鎮座する地元の名所「聚楽園（しゅうらくえん）」をドローンを飛ばして撮影。新型コロナウイルスの影響で、多くの人が故郷に帰れなかったり旅行に行けなかったりする中で、少しでも市を身近に感じてもらえたら、との思いからだ。

障害者として、市に助けてもらうことも多いが、私はふるさと大使に選ばれたからには、市に助けられた以上に、市を助けてあげられる存在になりたい。市内で障害者スポーツ大会を企画し、障害者や高齢者を支える仕組みづくりも市長に提案させていただいた。障害者は助けてもらうだけの存在ではないということを、地元から世界に証明していきたい。

「ステイホーム」でカメラが新たな趣味に

終わりの見えないコロナ禍で、世界中の人が「ステイホーム」を強いられている。そんな中で、私には趣味ができた。それは「カメラ」だ。

私はもともと、ＳＮＳやユーチューブで情報発信をしていたので、ちょっとした写真や動画は撮っていたが、スマートフォンでの撮影で満足していた。一年ほど前からは、自分の周りで本格的なカメラで撮影する人が出てきた。ちょうど同じころユーチューブの動画のクオリティーに悩んでいた私は、思い切ってカメラを買ってみることにした。「一眼レフ」や「ミラーレス」という言葉すらよく知らなかったが、知り合いからのアドバイスを基に初めてレンズ交換式のカメラを買った。初めは使い方が全く分からず、正直なところ、「こんなに高額で、しかも操作が難しいならスマートフォンの方が楽でいいや」とも思った。だが、インターネットで操作方法やこつを覚え、だんだんと撮影の原理が分かり始めると面白くなり、自分でも感動するような写真が撮れるようになった。友人に見せたり、SNSで公開したりすると、「どうやったら、こんなふうに撮れるの?」といううれしい感想までもらえるようになった。

寝たきりの私は、重たいカメラを持って撮影することはできない。目線も低い位置からになってしまう。カメラは、ヘルパーさんに三脚に設置してもらい、カメラとパソコンをつなぐ。視線入力でパソコンのマウスを操作しながら、カメラの露出や絞りを合わせ、シャッターボタンを押す。出先では、スマートフォンにカメラの画面を映すこともでき、大変便利だ。

もっと写真や動画の撮影技術を上げれば、より多くの人に風景が美しい東海市や知多半島の魅力を届けられるようになるのではないか。ステイホームという無機質な毎日が続く中、カメラとの出合いでポジティブに考えられるようになった。

まちの魅力をドローンで発信

新たな趣味としてカメラに熱中し始めた私は、ユーチューブの撮影や編集も今まで以上に楽しめるようになり、東海市の魅力をもっと多くの方に発信できないかと考えた。カメラ好きの知り合いに「人が感動する映像ってなんだと思いますか？」と聞いてみた。その人は「それはやっぱり、日常生活では見ることのできない風景なんじゃないのかな」と答えてくれた。

インターネットでの調べものをしていて、たまたま小型無人機「ドローン」が目に留まった。私は早速ドローンを購入し、自宅で何度か練習。昨年秋、東海市の許可をもらった上で、市の名所、聚楽園で空撮を試した。私と同じ東海市ふるさと大使でタレントの川崎郁美さんにドローン撮影に立ち会い、私のユーチューブチャンネルにも出てもらえないかと打診してみたところ、快く引き受けてくれた。

ドローンは、ラジコンと同じようにリモコンで操作する。撮影では川崎さんに操作してもらい、飛ばしている間は、スマートフォンでリアルタイムに映像を確認できる面白さがあった。

聚楽園には、奈良や鎌倉の大仏よりも大きい高さ約二十メートルの大仏が鎮座している。ドローンで撮影したことで、ふだんは見上げる大仏を上空から眺めることができた。寝たきりの私の目線は低い位置からになる中で、高い位置から見る非日常的な風景に感動した。自由に移動ができない私にとって、上空から公園内の様子を一望できたのも魅力だった。

川崎さんに車いすを押してもらいながら公園内を回った。子どものころ、テレビの旅番組で見ていたタレントと一緒に散歩できることにとても感動した。

撮影の様子は私のユーチューブチャンネルで公開した。多くの人に市の魅力を届けることができた。

特別支援教育　知事と語る

二〇二一年七月、知人の紹介で愛知県の大村秀章知事とお会いし、二十分ほどお話しする機会をいただいた。

私は小一から高三までの十二年間、名古屋市港区の県立港特別支援学校に通った。以前から知事とお会いして直接、特別支援教育への思いを聞いてみたいと強く願っていた。

私は二〇一八年度に、母校の港特別支援学校の非常勤職員として障害児の「ピアカウンセリング」業務を担っていたことがある。ピアカウンセリングとは、障害がある方の相談には、同じ障害のあるカウンセラーが対応することだ。私は自分が代表を務める会社の事業でピアカウンセラーの養成講座やマッチング事業を展開しており、当時、それを知った校長から、「スキルを後輩のために活用してほしい」と声がかかったのだ。

私が以前、母校で働いていたことを伝えると、知事はとても興味深そうに話を聞いてくれた。確認のために、私が通っていた特別支援学校の名前をもう一度聞く念の入れようだった。そして「愛知県にもっと特別支援学校をつくりたい」とも言ってくれた。

会談から数時間後、知事はすぐに県教育委員会と私の母校に、当時の勤務実績などについて情報収集するように依頼したという。正直、当初私は知事と会っても、あいさつ程度で終わってしまうのだろうと思っていた。だが知事のスピード力に心底驚いた。当日、知事は私との面会について写真付きでＳＮＳで紹介してくださり感激した。

まだ今後どうなっていくかは分からないが、知事は私と県がタイアップして、県内の障害者のための取り組みを開始できないかと検討もしてくださっているようだ。私は県に協力して、バリアフリー目線による観光ＰＲや障害者へのカウンセリング、就労サポートをしてみたいと強く願っている。

どん底を知る人が強い

先日、元フジテレビのフリーアナウンサー笠井信輔さんとオンラインで対談する機会をいただいた。笠井さんは悪性リンパ腫のステージ4と宣告され、コロナ禍の中で四カ月半入院。現在は完全寛解しご活躍だが、病室で通信費がかからない無線LAN「Wi-Fi」が使えずインターネット利用に困った経験から、「#病室 Wi-Fi 協議会」を立ち上げ、患者のために病室にWi-Fi を整備するよう訴える活動をされている。

笠井さんほどの著名人であっても、入院中は面会制限で見舞客が来ず、孤独だったという。Wi-Fi 環境は、入院患者にとって必須のライフラインだと私も思う。私自身が何十回も入退院を繰り返し、気管挿管で声を失いかけたこともあった。外部とつながれるインターネットやSNSは心の支えだ。だが私の病室も Wi-Fi が整備されておらず、悲しい思いをした。

笠井さんは闘病中、抗がん剤治療で髪が抜けた自分の写真も公表されていた。対談では、闘病中に自分の気持ちとどう向き合ったかについてもお話を伺った。

「どん底の時にこそ、スイッチを切り替えて前に進もうと思った」

そう笠井さんは教えてくれた。フリーになった直後にがんになり、講演会などがすべてキャンセルになった笠井さん。失ったいくつもの「引き算の縁」と引き換えに、がんになったからこそ得た「足し算の縁」を大切にしてきたという。

私自身、闘病生活を通じて、人間の本当の強さは弱さの中にあると感じてきた。どん底を経験すると、自分を知ることができる。自分の弱さを知っている人こそが最も強い。

ステージ4から復帰し、患者たちのために環境改善へと動く笠井さんの存在は、患者たちの希望となるだろう。対談は私のユーチューブチャンネルで公開している。動画でぜひご覧いただきたい。

リモート教育が可能性を広げる

新型コロナウイルスはリモートワークだけではなく、リモート教育への注目をもたらした。

私は二〇一八年から名古屋市にある椙山女学園大で非常勤講師を務めている。文化情報学部でITビジネスを教えているが、コロナ禍になる前からリモートワークの重要性については積極的に学生たちに伝えてきた。リモートワークの有用性は感染症対策だけではなく、障害者や子育て中の女性など、何らかの事情で通勤が難しい人たちへの合理的配慮でもある。

特に私が教えている学校は女子大だ。学生たちにはリモートワークの利便性を伝えるとともに、今の時代は、女性が結婚・出産・育児があっても働くことをあきらめなくて良い時代だと教えてきた。もちろん、育児を担うのは女性だけではない。男性も家で仕事をしながら子育てができるようになるので、子どもを産み、育てやすい社会を実現することにつながる。私のような重度障害者にとっても、リモートワークは仕事の幅を増やしてくれる。

学生たちも最初は、教員が寝たきりということで驚きを隠せない様子だったが、講義が進むごとにＩＴの可能性や素晴らしさに感動してくれた。私は、これまでのあらゆる「できない」ことが「できる」に変わっていく時代だと学生たちには説明してきた。障害者であれ、健常者であれ、それは同じだ。

昨年に引き続き、今年も、リモート講義がメインとなっている。学生の中には「リモートのおかげで通学時間が省略でき、時間を有効に使えるようになった」と話す人もいる。

世界中が感染症のリスクに大きな危機感を覚えたことで、今後コロナが収束してもリモート教育は社会に根付いていくだろう。

安倍前首相の来社に驚く

二〇二一年、安倍晋三前首相に東海市の私のオフィスまでお越しいただいた。安倍前首相とはフェイスブックを通じて知り合い、「ICT（情報通信技術）を活用して、どのように仕事をしているのかを見てみたい」というメッセージが届いた。最初、私はそのメッセージは偽者からではないかと疑った。だが、どうやら本物だということが分かった時は驚愕した。安倍前首相は警護が必要な存在のため、本人が来社することは、誰にも言わず秘密にしていた。

以前から私は昭恵夫人と交流があった。そのきっかけもフェイスブックだった。フォロワーが数十万人もいる昭恵夫人に私からお友達申請をしてみたところ、承認していただいた。だが政治に疎い私は当初、昭恵夫人が首相夫人だとは知らなかった。昭恵夫人のプロフィール写真は、田んぼで撮った写真。私は昭恵夫人が農業界の有名人だと勘違いしていたのだ。もちろん、フェイスブックでつながった後に、すぐ首相夫人だということには気づいた。

メッセージをやりとりする中で、重い障害がありながら起業したことを伝えると、大変興味深く話を聞いてくれた。そして、わざわざ東京から東海市にも何度か来てくれ、交流を深める

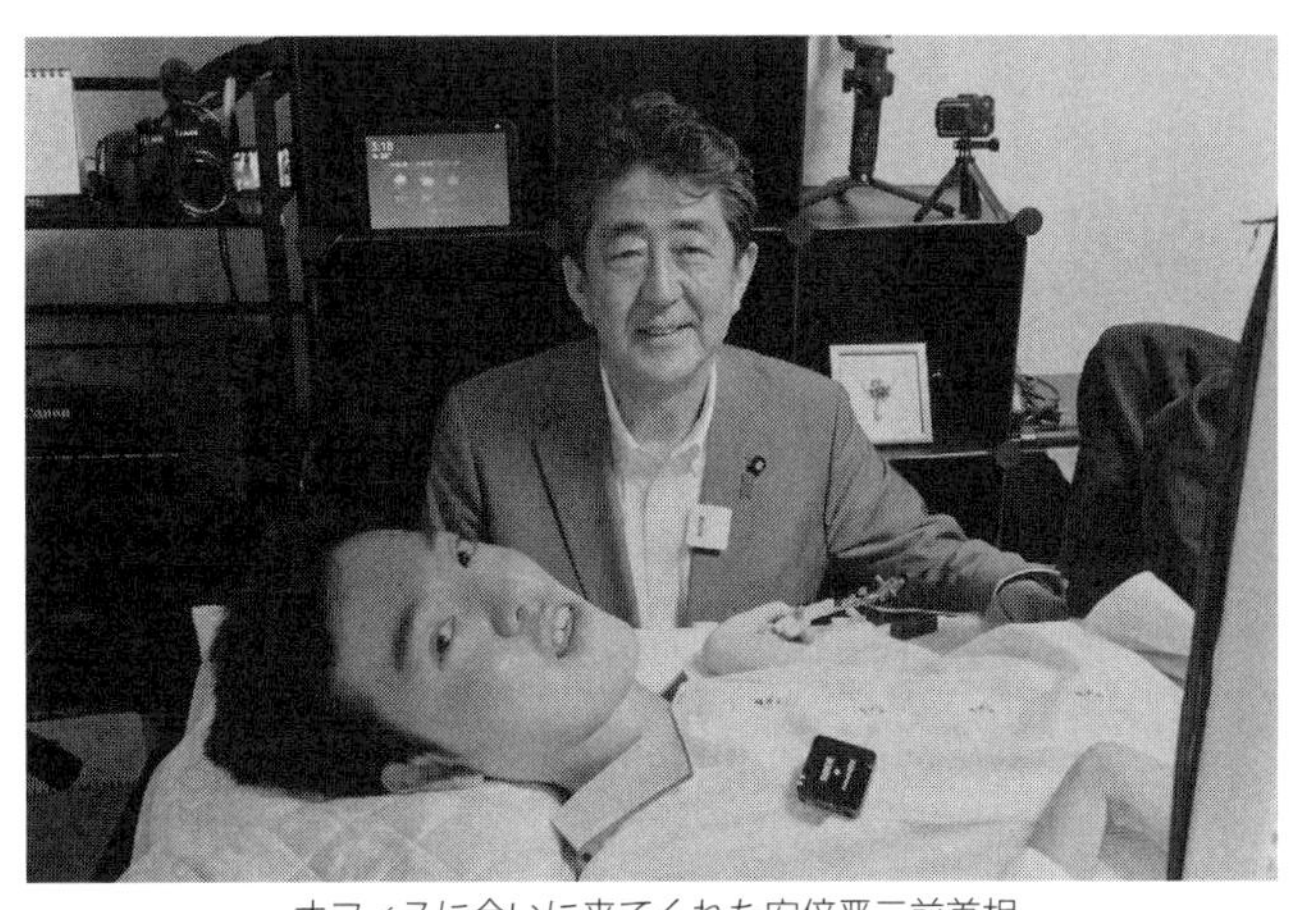
オフィスに会いに来てくれた安倍晋三前首相

ことができた。

これまでにも、多くの国会議員や地方議員との出会いはあった。そのほとんどが選挙期間中の来訪で、正直、イメージアップ作戦に私が利用されているのではないかと疑ったこともある。私は特定の政党や議員を支持しているわけではない。政治家に対して、いろいろ思うところがあるのは正直なところだ。

だが今回、安倍前首相がアパートに間借りした私の小さなオフィスに会いに来てくれて、率直にうれしかった。起業十周年を迎えた私の軌跡をじっくりと聞いてくれたからだ。当日の様子は私のユーチューブチャンネルの動画で見てみてほしい。

うれしい！　人生初の学園祭

新型コロナウイルスの感染者数が落ち着いてきた中、ちまたでは少しずつイベントや行事などが再開し始めている。

そんな中で私も先日、ある学園祭に参加した。前に書いたように、私は今、名古屋にある椙山女学園大で非常勤講師をしている。学生とともに障害者支援サークル「YELL TECH（エールテック）」を立ち上げていることもあり、大学の先生や学生たちに誘ってもらい、今年初めて学園祭「椙大祭」に参加させてもらった。学園祭は、事前予約した人のみが参加できるなど人数を絞った中で行なわれた。

私はこの学園祭に参加できるのを心待ちにしていた。この一年余り、コロナ禍の影響でイベントらしいイベントに参加することができなかったこともあるが、何より、これまでの人生で、学園祭らしい学園祭に参加したことがなかったからだ。

私が通っていた特別支援学校にも学園祭のようなものはあったが、小規模な催しで、生徒主体による模擬店などはなかった。だから昔から、テレビドラマで見るような学園祭に参加してみたいと思っていた。

私が関わっている障害者支援サークルでは、模擬店として「ボッチャ体験会」を企画した。ボッチャは東京パラリンピックでも注目されたスポーツで、目標球に向かって自分が持つ六個の球を投げ、どれだけ多く近づけられるかを競う。老若男女、障害のあるなしにかかわらず、すべての人が一緒に競い合えることが魅力だ。

学園祭では私も模擬店スタッフとして立ち会った。学生らが来店してくれたお年寄りや小さな子どもにボッチャのルールを説明し、みんなが楽しそうにしている姿を見て、とてもうれしい気持ちになった。

大人になった今、こうして学生や他の先生たちと一緒に学園祭を楽しむ経験をさせてもらえ、心から感謝している。

誰もが生きやすい社会に

先日、声優の三ツ矢雄二さんとリモート対談する機会をいただいた。三ツ矢さんは「タッチ」の上杉達也役をはじめ、「キテレツ大百科」「アンパンマン」「ドラゴンボール」などの作品で活躍されていて、フェイスブックでメッセージを送ったところ、返事をくださった。

三ツ矢さんは数年前、テレビ番組で男性の同性愛者ゲイであることを公表された。その発言についてマスコミは大々的に「カミングアウト」と報じたが、ご本人は、そこまで話題になるとは思わなかったそうだ。実際、周りの方はほとんどが知っていたという。

三ツ矢さんは、誰も排除しない「まぜこぜの社会」を目指して活動する一般社団法人「Get in touch（ゲット・イン・タッチ）」で理事をされている。その中で障害者との関わりも増え、今では困っている人を見ると、自然に声掛けもできるようになったという。

私は生まれつきの重度の身体障害者だ。同情だけされると時に嫌な気持ちにはなるが、最近は、私のように見た目で人との違いが分かる人は、ある意味、共感してもらいやすいのではと考えるようになった。

だが、世の中には見た目では分からない少数派の方も多く存在する。その例が、性的少数者であるＬＧＢＴの方たちではないかと思う。

三ツ矢さんは、対談でこんなメッセージをくれた。

「障害者の方も、ＬＧＢＴの方も同じ人間。そして、自分は一人しかいない。孤独だからこそ、人と人とがつながり合っていくことが大切だ」

誰だって、苦しみや悲しみを抱えて生きている。お互いの気持ちを知り、相手の立場を想像し、思いやり、励まし合う。そうやって、まぜこぜで、幸せな社会をつくりたいと思った。

差別されても私がネガティブ投稿しないワケ

「大変申し訳ないのですが、大家さんが入居は嫌だと言ってるんですよ」

電話口の相手は不動産会社の担当者だ。私が「大家さんは具体的に何が嫌だとおっしゃっているのでしょうか?」とたずねると、電話口の担当者は少しの間、沈黙した。

これは二〇一九年の夏の話だ。私は新しいオフィスを探していた。ふだんは地元である東海市で活動していて、東海市内でアパートを借りている。ただ、東京や大阪といった遠方から訪れるクライアントが増えたため、東海市のオフィスに加え、新幹線からのアクセスが便利な名古屋駅の近くにもオフィスを借りようとしていた。

といっても、私の会社にはそれほど潤沢な資金はないので、賃貸のオフィスマンションを考えていた。

インターネットで希望する予算や立地などを入力し、条件に合うオフィスを探した私は、いくつか候補を絞ってスタッフと一緒に内見へ行くことにした。内見のときにチェックするポイントはいくつかある。

玄関に段差はあるか。段差がある場合、代わりのスロープはついているか。建物が二階以上ならエレベーターも必要となってくる。こうしたポイントの中でも、特に重要なのは〝車いすが部屋まで入るか〟という点だ。

私の場合、みなさんがイメージするような一般的な車いすではない。自分で座位が保てず、寝たきりの生活を送っている。すると、車いすもストレッチャー式になるので、当たり前な話なのだが、エレベーター内も結構広いスペースがいるのだ。

そうやって、障害者の当事者として必須の条件に加え、立地や予算といった会社としての希望条件を絞っていくと、選択肢はかなり少なくなる。が、あきらめずに探し続けていれば一、二件は見つかるものである。

不動産会社の担当者に案内され、スタッフと一緒に内見した私はその物件が気に入り、担当者にその意向を伝えた。すると、担当者も「確かに佐藤さんの条件なら、ここが一番良いかもしれませんね」と言ってくれ、入居審査にかけてくれると約束してくれた。審査結果は後日電話で連絡をくれるといった。

予想外の展開

数日後、不動産会社の担当者から電話が入った。電話に出ると、担当者の声は明らかに元気がなかった。思わず私が、「審査結果ってどうなりました?」と聞くと、「すみません。駄目でした」と覇気のない声が返ってくる。

状況がよく分からなくなった私は、「何か書類に不備がありましたか?」とか、「もしかして、車いすで部屋が傷つくのが心配ですか? それなら……」と矢継ぎ早に質問したが、担当者は私の話を遮ってこう言った。

「佐藤さんが内見された日、偶然、大家さんが佐藤さんを見かけたんですよ」

私は一瞬、それの何が問題なのか全く理解できなかった。すると、担当者はこう続けた。

「それで内見が終わった後、すぐに大家さんから電話があったんです。さっきの人は断ってくれ、と」

私が「なぜですか? 車いすだからですか?」と聞くと、担当者は言いづらそうにおどおどした声になりながら、「他の人に迷惑なんです、とおっしゃっていました……」と答えた。

私も感情的になり、「他の人に迷惑かけないようにします。エレベーターだって人混みの時間も避けて、他の方に譲りますから……」と少し大きな声で弁明を始めるが、担当者は「佐藤さん、車いすなら良かったんです。本当に。ただね、車いすではなくストレッチャーで寝たままの状態の人が入居されると、大家さんはそれ自体が嫌なんですよ」

まさしく差別だった。私はその言葉で急に意気消沈してしまい、「分かりました。では、またの機会にお願いします」と言って電話を切ろうとしたが、なぜか最後に「すみません、言いづらいことを言わせてしまって。また他を探しますし、全然大丈夫ですよ」と、強がりを言ってみせた。だが正直、気持ちは落ち込んだ。スタッフたちになんて説明すればいいのか。

一晩考えた私は翌日、スタッフたちに連絡を入れた。

怒る気にならなかったわけは

彼らの反応はそれぞれ違ったが、一番多かった意見は大家に対する不平不満だった。なかには、「そんな理由で断るなんておかしいじゃないですか」と私以上に怒った人もいた。また、知り合いの障害者の親御さんからは、障害者差別解消法で訴えるべきだという意見もでた。ただ、私はそんな気にはなれなかった。

子どものころから、こんなことはたびたびあった。

繰り返しになるが、私は寝たきりの生活を送っている。初対面の人の多くは、私のことを意思疎通が取れない人間だと思っていたし、話しかけても意味がないと思っていたに違いない。

仮に話しかけられても、幼児扱いした口調で話し方をされるのは常だった。

もちろん今では「寝たきり社長」と称し、積極的に活動させてもらっているので、社会で対等に扱ってもらえることは増えてきている。だが、それでもいまだに年配の経営者や政治家の方と接する際には、かつてと変わらない対応をされることがある。人によっては、会社経営も私ではなく、私の親がしていると思っているほどだ。

ただ私は、差別や世の中の理不尽とは決して真正面から戦わないスタンスでいる。そうなったのには、ある出来事がある。

会社を立ち上げてまもなく、二十歳を過ぎたころ。私はＳＮＳを始め、そこには日々の活動はもちろん、ポジティブな感情やネガティブな感情もすべてさらけ出していた。ＳＮＳの投稿は特に深く考えず、なんとなく心に湧いた思いを書いていた。

そんなある日の休日。ヘルパーと映画に出かけた。すると、オフィス探しのときと同じように、窓口で観賞を拒否された。私はＳＮＳでその窓口の対応に苦言を呈した。すると、同じような障害がある人は私の投稿に賛同してくれ、共感してくれる人がいることに安堵感を得た。

しかし、その投稿を見た、うちで名刺を作ってくれているあるお客さんは私にこう言った。

「もし、その窓口の人がなにか対応できなかった事情があったとしたら、君はどうする？」

「もし、障害者を応援しようと思っていた人が、君の投稿を見て批判されるのが怖くなり、障害者と関わるのをやめようと思ったら、君はどうする？」

この言葉にハッとした。私は正直、この言葉を聞くまでは自分のことしか考えていなかった。彼の言う通り、人を批判すれば相手だって決して気分はよくないだろうし、もし相手にも何か事情があったとしたら、それは権利を盾に相手を傷つける行為となる。何より私は、私のせいで他の障害者が社会から変な目で見られることや、障害者に親切にしようと思っている人に対する善意を踏みにじりたくなかった。

批判よりも大切なこと

その日から、自分自身のルールを変えた。

どんなに理不尽なことや差別をされても、私はお陰様と感謝の気持ちを持つことにした。すると、私の周りにたくさんの仲間ができるようになったし、そうなると今度は、ふだん親切にしてくれる周りの人間をより大切にしたいと思うようになった。人は、人を批判することで一時的にすっきりするかもしれないが、本当の心の豊かさは得られないと知った。

その後、新しいオフィス探しも出直した。私の入居を断った大家にも、何か事情があったに違いない。そう前向きに考えたら、不思議とすぐに新しいオフィスは見つかった。しかも、寝たきりの私にも理解があって、親切にしてくれる大家だ。まさに捨てる神あれば拾う神あり。

だからこそ私は、彼に感謝の気持ちを忘れてはならないし、それ以上に、「また次、障害者から入居希望があっても、入ってもらおう」と思ってもらえる行動をしなければならない。世の中から差別がなくなることはないだろうが、そうした行動をすることで、きっと少しずつ差別が減っていく気がする。

もちろん、時として差別と戦うことも必要かもしれない。ただ、そうしたことにエネルギーを使うことよりも、私に対していつも親切にしてくれる周りの人たちを大切にすることに心をくだきたい。

限界知らずの挑戦者

CBCテレビ解説委員　大石邦彦

人間に限界はあるのだろうか？　佐藤仙務社長を見ていると、限界とは本人が勝手に築いた想像の壁だと気づかされる。

障害者は不自由な生活を強いられるため、やれることが限られる。誰がそう決めたのだろうか？　確かに生活に制限は加えられる。しかし、この制限の中でもやれることは無限であり、できる仕事も無数にあると佐藤さんは教えてくれた。

私が初めて彼に出会ってから、彼の肩書きは増える一方だ。ホームページや名刺を作成する企業を立ち上げ、自らを「寝たきり社長」と名乗り活動の幅を広げてきた。コラムニスト、講演家、大学講師、サンドイッチ店の社長、移動販売社長、障害者支援の派遣施設の代表、電動車いすサッカーチーム代表…そのバイタリティーには舌をまく。

彼のオフィスがある愛知県東海市で取材をした時、こんな一幕があった。私が取材中、我々のカメラの他に佐藤さんのカメラが回っていた。それは「ひさむちゃん寝る」というユーチューブチャンネルの撮影だった。言い忘れたが、彼はユーチューバーでもある。

その日は東海市から追加取材のため名古屋市に向かっていた。その車中で彼からこんなリクエストがあった。「車中もユーチューブ用の撮影をしてもいいですか?」つまり、私に逆インタビューしたいと言うのだ。なんという貪欲さだろうか。私は問題ないが、重度の障害があり、しかも当時体調が芳しくなかった中での佐藤さんの申し出に驚きを隠せなかった。寸暇を惜しんで挑戦する。でも、これが彼を支えているのだと感じた。

とにかく、やってみる。前に進むのだ。彼を何度も取材して感じたことがある。彼がどんな壁にも怯むことなく、限界突破していく理由。それは障害者であることを理由にしたくないのではないかと。その負けん気が彼のエンジンなのではないかと。

彼は障害者の考え方、生き方を変えたいと思っている。もっと、開かれた自由な暮らしをしてほしいと願っている。しかし、そのためには誰かが風穴を開けないといけない。彼はその先駆者になろうとしているのだ。障害者の新しい生き方を命を削って提示しようとしている佐藤仙務さん。

しかし、それは障害者だけに向けているメッセージではない。それは、固定概念で凝り固まった健常者へのメッセージでもある。この本を読むべきは健常者かもしれない。佐藤仙務さんの生き様を知ることが、本当の意味での真のバリアフリーに繋がるのではないか。そう思ってやまない。

第四章　働く場を増やしたい

「口から食事がしたい」

私は子どものころから食が細かった。もともと食べるということにあまり興味がなかった上に、食べ物をかんでのみ込む動作の負担が大きかったこともあり、あまり食事を楽しめなかった。

だから、一度体調を崩すと容体は一気に悪化した。医師からは、やせ過ぎて余力がないと言われ、「生命維持に関わるほど」だとも言われた。

二〇一六年の春、私は「今後、口から食事をすることは難しいでしょう」と医師に言われた。以前にも当コラムで書いたが、私はかつて重篤な肺炎にかかり入院した。そのとき、首元を切開し、喉にチューブを差し込む気管切開で一時期声を失った。同時にもう一つ失いかけたことが、口から食べるということだ。

集中治療室（ＩＣＵ）に入り、「まだ先」だと考えていた経管栄養になった。さらに急激な体調悪化により、胃の機能も低下。胃に栄養剤を入れると強烈な吐き気を催すようになってしまった。そのため、鼻から胃へ通すチューブから、鼻から腸へのチューブに変えることになった。

集中治療室では意識がほとんどなかったこともあり、それほど栄養補給に関して違和感はなかった。ただ、一般病棟に戻ると、そのつらさは想像を絶した。

今までは少量とはいえ口から食事をとっていたが、水すら飲めない状況になった。また、胃を通り越して、腸に直接栄養を入れることで、二十四時間空腹感にさいなまれる地獄を見た。追い打ちをかけるように、医師からは「退院しても今後、口から食事をすることは難しいでしょう」と言われた。

入院中、気づけば、頭の中では食べ物のことばかり考えていた。それまでなら、テレビやパソコンで絶対に見なかった料理番組やグルメドラマばかり見るようになった。私はもう一度、「口から食事がしたい」と強く願った。

リハビリ重ね「食べられた」

「食べられないのに、そんなの見たら、つらくならない？」

料理番組やグルメドラマを夢中になって見ていた私に、母はそう言っていた。医師や看護師からも「経管栄養があるから食べる必要はないですよ」と言われたが、それでも人間の生理的三大欲求の一つ「食欲」を満たしたかった。だから、せめて視覚や聴覚だけでも食に触れていたかった。

入院して四カ月ごろ、ようやく退院のめどが立った。その際、医師から胃ろうを作ることを提案された。それまで鼻からチューブを入れていたが、胃ろうは鼻や口からのチューブではなく、手術で胃に穴を開け、そこから直接栄養を入れる。社長業で人に接することが多い私にとっては、やはり、人の目は気になるもの。口や鼻のチューブがいらなくなるのは大変助かると思った。だがやはり、口から食べたかった。

「本当にもう食事はできないんでしょうか？」

胃ろうの手術前、医師に尋ねると、「誤嚥（ごえん）性肺炎の危険はあるが、そこまで言うのなら、術後にのみ込めるかどうかの検査をしましょう」と言ってくれた。手術自体は一時間弱で終わったが、胃に穴を開けた痛みは思ったより大きかった。

術後の検査では、「これなら無理のない範囲で食事をしても良い」ということになった。胃ろうも使いながら、少しずつリハビリを重ね、私は約四カ月ぶりに食事の許可を得た。口から食事をとった瞬間は、不意に涙があふれた。何を食べてもおいしかったし、自分でも驚くほど幸せな気持ちになった。「食べる」とはなんて素晴らしいことなのかと思った。そしてその瞬間、心の中で「食事にまつわる事業がしたい」という気持ちが芽生え始めた。

口からの食事を生きる力に

入院した際に食事ができなくなった話をコラムで書いたところ、読者の方からお便りをいただいた。一人は岐阜の女性で、ご主人がチューブから栄養を取っているという。はがきに「頑張ってください」と書いていただき、つらい状況のただ中にいるご主人と女性の心中を思い胸が詰まった。もう一人は埼玉の女性。お姉さんが入院中で「食べることは生きるためになくてはならないこと。姉にも食べられるようになってほしいと思っています」と書かれていた。

入院中に食事ができなくなって、初めて気づいたことがある。口から食事を取らなくても死ぬことはなかった。ただ、生きる力は確実に失われていた。よく、高齢者が最期に病院で「○○を食べたい」と言っても、医師からは誤嚥性肺炎のリスクでストップをかけられることが多いと聞く。もちろん、私は医療従事者ではないので無責任なことは言えないが、食べたいという欲求があるのであれば、一口でも、ひとかけらでも食べさせてあげたいと、勝手ながら考えてしまう。

私はその後、退院してから胃ろうでの栄養補給もしているが、幸いにもリハビリの効果で口からも再び食事ができるようになった。胃ろうからの栄養補給で体力がつき、食べる動作も楽になったことで入院前よりも体重は十キロ以上増えた。食の大切さ、ありがたさを実感したからこそ、食にまつわる事業を展開したいとずっと考え、税理士や飲食店を経営している知り合いたちにも相談してきた。私のような障害者や高齢者のように、思うように外へ出られない方にも食を楽しんでもらえる方法がないか。どういう形なら競合他社と渡り合えるのか。私は数年間考えを巡らせてきた。

そしてコロナ下の昨年、世の中が外食自粛を強いられている中で、ふと目にした「キッチンカー」に注目した。

キッチンカー事業に挑戦

会社の新しい事業でキッチンカーを始めようと考えた私は、何が必要かを調べてみることにした。身近な人にも相談したが、多くの人は「なぜ、寝たきり社長がキッチンカーなんてするの?」「コロナ禍に便乗して、儲(もう)けに走るの?」などと、私の思いに耳を貸さなかった。

だが、仲の良い飲食店オーナーに相談したところ、彼は決してちゃかすことはなかった。「きっと、うまくいきますよ」と背中を押してくれた。彼もキッチンカー事業を営んでいるとのことで、キッチンカーの実物を見せながら、アドバイスをくれた。

固定の店舗を構えるのには一〇〇〇万円以上はかかるといわれる中、キッチンカーの初期費用は二五〇万~三〇〇万円程度という。やはり、店舗を構えるのと車を用意するのとでは規模が違うので、飲食業界に参入する上でキッチンカーを最初に選ぶというのはリスクも少なくて良いのではないか、と言われた。

だが、もちろん課題もあった。それはキッチンカーをどこで調達するか、車の中で誰が何を販売するのかということだ。また、キッチンカー事業の成功の鍵ともいえる販売の場所はどうやって確保するのか――。初期費用の数百万円といった費用も決して安い金額ではないので、ランニングコストも考えると、資金調達も必要になってくる。

私は会社の顧問税理士にも相談した。すると、お客さんの中でキッチンカーの製造をしている会社関係者がいるという。中にはトラックや軽自動車を自分で改造し、キッチンカーにしている人もいるようだ。だが、私が自分で自動車を改造できるはずがないし、そもそも保健所の認可基準さえ知らなかった。

私は顧問税理士に紹介してもらった社長に電話をしてみることにした。

賛同してくれる企業探しへ

キッチンカー事業を始めようと決めたものの、周りからは「できるわけない」と反対された。でも私は実現と成功を疑っていなかった。決断した自分の心を、自分で褒めた。自分で自分をねぎらい、自分の心を味方にすれば、逆境にぶつかったとしても、自然と力は湧いてくる。こう考えられるようになったのも、力を貸してくれる人たちと出会ったからだ。

まず連絡を取ったのが、顧問税理士に紹介してもらったある会社の社長だ。その社長は自身の会社でもキッチンカーの運営をされていて、車両のカスタマイズも手掛けている。電話でキッチンカー事業を始めたいと考えた経緯を話したところ、まずは一度会って話がしたいという。実際にお会いして話を聞くと、完成までのイメージが具体的になってきた。社長は私にこう言った。

「キッチンカー事業を始めたいと思っても、予算や『難しそう』というイメージであきらめてしまう人が多い。だからこそ今回、佐藤さんの挑戦してみたいという思いを実現させたい」

私はその言葉を聞いて、この会社にキッチンカーの製造をお願いしようと決めて、見積もりを依頼した。私は、調理済みの物をキッチンカーで販売するのではなく、その場で調理した出来たての物を障害者の方に食べてもらいたいという夢があった。社長は、厨房を備えるために、スペースに余裕のあるトラックを薦めてくれた。ただ、私の会社も予算が潤沢にあるわけではない。車両は中古車を選んだ。

見積もりを受け取ったが、想定よりも費用がかかることが分かった。実際に運用が始まれば、次々に追加費用は発生してくるだろう。予算をどうやって確保しようか——。頭を抱え、思いついた。

「そうだ、キッチンカー事業に賛同してくれる企業を探そう」

協賛企業名をキッチンカーに

資金調達の目的のため、私は協賛してくれる企業を探し始めた。だが当然の話ではあるが、協賛してくれる企業にもメリットが必要だ。私は「障害者が頑張っているから」という理由だけで、寄付を募ることには抵抗があった。だからこそ、あくまで事業に関わってくれる企業にはメリットを提案したいと考えた。

そこで私が考えたのは、協賛してくれた企業名をキッチンカーの車両に掲示するというもの。そして、その企業がイベントを催す際には優先して、キッチンカーの手配をするというものだ。キッチンカーの最大の強みは、お店が移動できることにある。その企業の社名を掲示することで、道路を走っているときも、販売中のときも露出効果は大きい。実店舗ではなく、キッチンカーだからこそ企業のプロモーションにつながると考えた。

また通常、企業がキッチンカーを自社のイベントに呼ぶ際、売り上げの保証のため、お金がかかることもあるという。だが、それも協賛企業には無償で手配することにした。

私は早速、話を聞いてもらえそうな関わりのある企業二社に相談した。まず一社目は、世界的機械メーカー「豊田自動織機」。前にも書いたが、同社社長と対談したご縁から交流が始まった。

また、もう一社は私がアドバイザーを務めている世界最大の食品メーカー、ネスレの日本法人「ネスレ日本」である。両社ともに私が考えたキッチンカー事業を説明すると、担当の方はとても好意的で、熱心に話を聞いてくれた。その結果、豊田自動織機はキッチンカーの車両代の負担を、そしてネスレ日本はキッチンカー販売で使うコーヒーやお菓子を継続的に提供することを約束してくれた。

完成！　命名「イートラック」

キッチンカー事業への協賛企業が決まった。それも「豊田自動織機」と「ネスレ日本」という世界的メーカー二社だ。心強い支援企業に感謝の気持ちが込み上げ、私は是が非でもこの事業を成功させたいと思った。ちなみに、ここでいう「成功」とはキッチンカーの売り上げだけではない。それは施設や病院で過ごす障害者にも喜ばれるキッチンカーの実現である。

協賛企業が決まったことで、事業立ち上げに追い風が吹き始めた。最初私がキッチンカーを始めると言っても、周りにはほとんど話に乗ってもらえなかったが、次第に風向きが変わり始めた。

そんな中、私は知り合いの紹介である男性と出会った。彼は飲食店オーナーをしており、キッチンカー事業にアドバイスをくれるという。また、彼は飲食店オーナーでありながらも、私の地元・東海市の主要駅である名鉄太田川駅から地域を盛り上げるべく、イベント事業を有志メンバーと実行していた。彼は私に「佐藤社長がキッチンカーを始めたら、太田川駅でも販売できるようにしますよ」と言ってくれた。

私は東海市でふるさと大使を務めている。キッチンカー事業を通して、インターネットやマスコミへ情報発信することで市のプロモーションにもつながるならと思い、その提案を喜んで受け入れた。もちろん、ゆくゆくは市からの支援も期待している。

私はその後も周りからのアドバイスを参考に、厨房レイアウトやメニュー、そして実際に調理する人材も紹介してもらい、構想から約一年がかりでキッチンカーを完成させた。車両デザインは、私の会社で働く障害者デザイナーに依頼した。

私はこのキッチンカーに「Eat ＝食べる」と「Luck ＝幸運」を組み合わせ、食べることの幸せを運ぶトラック「Eatluck（イートラック）」と名付けた。

食べる幸せ　届ける喜び

「Eatluck」と命名したキッチンカーは当初、名鉄太田川駅での販売が中心だった。だが次第に私は「早く病院や障害者施設などで販売したい」という気持ちが強くなった。私自身が二〇一六年に大病をして入院中に食べることができなくなり、食の大切さを痛感したからだ。だからこそ、「食べることへの幸せを届けたい」とキッチンカーの構想段階から公言し、約一年がかりで奔走してきた。

二〇二一年十一月下旬、私はキッチンカーと一緒にある障害者施設に出向いた。名古屋市緑

テレビの取材を受けるキッチンカーと著者（手前）

区の「日中活動センターさくらそう」。施設の代表とは私の講演会で出会い、以降、私のライブ配信を熱心に視聴してくれ、キッチンカー計画を心待ちにしてくれた人でもあった。コロナ下では外食がなかなかできない。車いすに乗ったまま、出来たての温かいホットサンドを手で受け取り、笑顔を見せてくれた人もいた。それをおいしそうに食べている様子を見たとき、心が突き抜けるほどの喜びを得た。

通所する障害者の方や保護者、職員の方だけでなく、協賛企業である豊田自動織機の方々にもお越しいただいた。何よりもうれしかったのは、私の特別支援学校時代の同級生のお母さんも駆けつけてくれたことだ。その同級生は小学生の時からの友達で、数年前に体調を崩し亡くなった。生前、私が発信するSNSの投稿をいつも見てくれていて、温かい応援コメントを送ってくれた。お母さんとは、彼のお別れ会以来の再会だった。「いつも仙務くんの活躍を見てるよ」と声をかけてくれた。

寝たきり社長が「キッチンカーをつくり障害者施設で販売をする」という夢。決して一人の力では実現できなかった。喜びと感謝の気持ちでいっぱいだ。キッチンカーはこれからも、たくさんの人の思いを乗せて走っていく。

情報番組の新コーナーを担当

キッチンカーの完成と同時に、名古屋にあるCBCテレビの大石邦彦キャスターが取材に来てくれた。大石キャスターは東海地方では夕方の情報番組の顔として有名な方だ。大石キャスターの番組には、これまで何度も取り上げてもらっている。だが会社を始めて十一年目の二〇二一年秋、初めて大石キャスター本人がカメラマンを引き連れてオフィスまで来てくれた。

視線を使ったパソコン操作やキッチンカーの販売の様子を見てもらい、ホットサンドも食べてもらった。大石キャスターは終始、「本当にすごい」と言い、続けてこう話してくれた。

「今はＳＤＧｓ（持続可能な開発目標）の時代です。障害者をはじめ、多くの挑戦者に希望を届けてほしいですね」

それがきっかけで、私は大石キャスターが出演する情報番組にレギュラーコーナーを持たせてもらえることになった。

私は子どものころから、「有名になりたい」という夢を持っていた。高校の卒業文集でもそう書いた。友達や先生みんなから笑われ、親にも恥ずかしいとあきれられた。

でも、その夢には理由があった。有名になればみんなに認めてもらえると思ったからだ。私は「障害者でかわいそう」と言われるだけの人生では終わりたくなかったし、何より、寝たきりである私が有名になることで、他の障害がある方の希望になればと考えていたのだ。

新コーナーは、CBCテレビ「チャント！」で毎週金曜日の午後四時半ごろから放映された。タイトルは「寝たきり社長のただいま挑戦中！」。私がMCとして、企業・スポーツ・社会活動など、東海エリアで活躍する「挑戦者たち」を紹介し、エールを送るコーナーだ。壁を乗り越えようとしているすべての人たちを応援していきたい。

ピアカウンセリングとの出合い

私は会社を立ち上げた当初から、働きたくても働けない障害者の方々に対し、何か支援できないかと考えていた。自分自身が、自力で会社通勤ができないという理由で就職を断念した経緯があったからだ。

たとえ能力があっても、「働く」という選択肢さえ捨てなければならない方が多い。本当にもったいないなと思うし、そんな人たちが、みんな自分の価値を見つけて、仕事ができるようになれば、もっともっと世の中は良くなるのにと考えていた。

どうしたら、障害があっても能力を最大限に発揮して、仕事に結びつけることができるのか。「障害者でもできる仕事」ではなく、「障害者だからこそできる仕事」がないだろうかと、ずっと考えていた。

二〇一三年ごろのことだ。私はインターネットである男性を見つけた。その人は東京の会社で、リモートのカウンセリングサービスを提供していた。

今でこそコロナ禍で当たり前になったが、当時リモートワークは全く浸透していなかった。リモートでサービスを提供しようとする会社も珍しかった。

私は興味本位で、その会社の代表に連絡を取った。リモートでのカウンセリングサービスについて聞きたいとお願いしたところ、その代表から「ピアカウンセリング」というものがあると教えられた。ピアカウンセリングとは同じような立場や悩みを抱えた人同士で、共感しあい、対等な立場で話を聴くカウンセリングのこと。俄然（がぜん）、興味をひかれた。

「ピア資格」講座をリモート開講

「これは仕事がつくれるかも」

ピアカウンセリングの存在を初めて知った私は、直感的にピンときた。私自身もこれまで、自分と同じように障害がある仲間たちに支えられてきたからだ。「寝たきり」という身体的には決して恵まれていない状況下でも前向きに生きてこられたのは、そうした仲間が支えてくれたからだ。

だが、実際にピアカウンセリングをビジネスとして成り立たせるとなると、そこにはある課題があった。世の中で行なわれる多くのピアカウンセリングがボランティアとして行なわれていた。お金を受け取るためには、聞く側がしっかりと技術を磨き、スキルを身につける必要がある。当時、ピアカウンセリング講座は通学して受講するものが多く、受講後もボランティア活動が推奨されていた。

それなら、障害者がカウンセリングのスキルを磨けるリモートの講座を自分で作ってしまおうと思った。私にピアカウンセリングを教えてくれたカウンセリングサービス会社の代表を誘い、技術を身につけ、民間資格を取得できる講座を開くことにした。

講座は二〇一四年に開講し、今も毎年続けている。講座を修了した生徒の中には、大手企業に勤める障害者に対し、カウンセリングサービスを提供した方もいる。だが、ピアカウンセリングをビジネスにして、障害者の仕事をつくることには課題が残った。

「ピア事業」特別賞を受賞

通勤することが難しい障害者にとって、在宅で自由な時間にできるリモートでのピアカウンセリング業務は非常に良い仕事になる。そう考え、私はカウンセリングのスキルを磨けるリモートの講座を開講した。すると応募者は多く、これまでに四十人近くの障害者カウンセラーを輩出することができた。

講座を受けた人の中にはピアカウンセリングのスキルを日常生活に生かしたいという人もいたが、大半は仕事としてのピアカウンセリングを求めていた。やはり、私が予想していた通りだった。

私は何社か知り合いの大手企業にアプローチをかけた。障害者雇用を行なっている企業の多くは、障害者への関わり方もそうだが、その人が仕事の中で何に悩んでいるのかが分からない――。そんな声を耳にしていたからだ。ピアカウンセリングなら雇われている障害者の本心を同じような境遇の障害者カウンセラーが傾聴し、共感することができる。この事業計画は東京のビジネスコンテストに応募したところ、特別賞を受賞した。

ピアカウンセリングの有用性を知り合いの経営者に説明すると、興味を持ってくれる人が何人かいた。中にはお試しや一年契約などで実際に利用してくれる企業もあった。だが、養成したカウンセラー数と比べて、どうしても仕事の依頼数は伸び悩んだ。もっと障害者カウンセラーの仕事を増やすためには、どうしたらいいものか。私は、さらにアイデアを巡らせることにした。

高齢者にもカウンセリング

障害者カウンセラーたちの仕事を増やすために、どうしたらいいかを考えた結果、私の中である答えが出た。それはカウンセリングの対象者として障害者だけでなく、高齢者にも目を向けることだった。

高齢者が抱える大きな問題といえば介護や認知症予防。着実に高齢化が進んでいる日本にとって、高齢者の健康寿命を延ばすことは非常に大切だ。

早速、ピアカウンセリング講座を一緒に作った会社の代表に相談したところ、彼からそれなら最適なものがあると、「回想法」という心理療法を教えてもらった。

回想法は高齢者が過去を振り返り、自分が輝いていた時代を思い出すことで自信や元気を取り戻していくというものだ。認知症の進行予防や、うつ状態の改善も期待されている。

そこで今度は、回想法の講座をつくることにした。障害があるカウンセラーたちに回想法のスキルを身につけてもらい、高齢者施設で暮らす方向けに実証実験を行なった。慣れないテレビ電話に高齢者の方々は驚いている様子だったが、画面越しに語りかけるカウンセラーとすぐに打ち解けた。そして、カウンセラーに誘導され、自分が輝いていた時代の話を始めていった。回想法後は、表情が明らかに朗らかになっていた。

「テレビ電話うれしい」の声

障害者カウンセラーが高齢者にテレビ電話でカウンセリングをするサービス。それ自体には手応えを感じたが、ＩＴに不慣れな高齢者から直接利用料をもらう形にはピンとこないところがあった。

そこで思いついたのは、ターゲットを自治体にするというアイデアだ。このサービスは高齢者の介護予防と障害者雇用の両面に効果があると考えた。早速、地元である東海市にプレゼンをしたいと依頼。市は快く受け入れてくれた。

プレゼンには当時の市長だけでなく、市の高齢者福祉担当と障害福祉担当の方々が集まってくれた。サービス内容をプロジェクターを使って説明し、カウンセリング風景も映像で紹介した。参加者みんなが食い入るように見てくれた。

「とにかくやれることを探しながら、一緒に進めていきましょう」

当時の市長がそう言ってくれ、市とともにモデル事業として実証実験を行なうチャンスを得た。市は、障害者がピアカウンセラー養成講座を受講するためにかかる費用も補助してくれることになった。

このプレゼンが実施されたのは二〇一八年のことだ。当時は誰もコロナ禍でリモートによる仕事や支援が広がるなどと予想していなかった。モデル事業は二〇一九年から始まって二〇二一年度まで続き、高齢者施設に通う方からは「テレビ電話で人と会えるのはとてもうれしい」と喜びの声をいただいた。

母校でカウンセリング業務

二〇一七年ごろのこと、私のもとにある依頼が届いた。母校の愛知県立港特別支援学校で「非常勤で働いてみないか」というものだった。きっかけは二〇一七年秋、母校に出向いたこと。私は二〇〇九年に卒業して以来、何度か母校に行く機会はあったが、あくまで一卒業生として顔を出す程度だった。

だが、その時は違った。当時の校長は、私が重度の障害がありながら会社を起こし、「寝たきり社長」として活動していることや、障害者を雇用していること、そして何より、会社の事業としてピアカウンセリングを行なっていることに強い関心を持ってくれた。在学生を対象としたカウンセリング業務を担ってほしいと連絡をくれたのだ。

私は、自分のような寝たきりの特別支援学校の卒業生が、その母校で働くという前例のない取り組みにとても興味を持った。卒業生として後輩の役に立てるようであればとも思い、その依頼を引き受けることにした。

私は週一回、学校に出向き、身体障害のある生徒を中心に進路相談に乗ったり、精神的に不安定な生徒にはメンタルケアも行なったりした。保護者からも子どもが将来、どんな働き方なら社会に参加できるかを尋ねられることもあった。私自身もピアカウンセリングのスキルを身につけていたので、業務自体は難なくこなせたが、ある日、この前例のない取り組みならではの壁にぶち当たった。

勤務中「壁」にぶち当たる

母校で非常勤で働けることは心からうれしかった。会社を立ち上げて得た知識や情報を後輩たちに伝えられることに喜びを感じた。だが、一年で辞めてしまった。週一回、通うことが本業に支障をきたすことも理由の一つだったが、それ以上に勤務中に壁にぶち当たったのだ。きっかけは、こんな保護者の声だった。

「佐藤さん、うちの子が将来、在宅でパソコンを使って働きたいと言っているんですが、実際にそういう仕事はあるんでしょうか」

私は高校三年だった十二年前、進路指導の先生や企業に同じ質問をして、「そんな働き方ができる時代は来ない」と言われた。しかし実際に会社を起こし、そういう働き方を実現した私だ。自社でも障害者を雇っていた。だから「仕事によって、リモートで働くことはできると思います」と答えた。だが、その保護者は「でも、ある先生からそんな働き方はできないと言われた」と話しだした。

私は保護者に安心してもらいたくて「探せばきっとあります」と言い、「誰がそんなことをおっしゃったんでしょうか」と聞いた。今思えば、少し余計なことまで聞いてしまったとも思う。すると、私たちの会話を聞いていた別の先生が、私の言動を問題視した。そして、そこから私の自問自答が始まった。

「希望だけ与えるのは……」

「仙務くんのやったことは、先生や学校の顔をつぶす行為だ」

学校側にそう言われたが、不満を感じた。私は起業後、数百、いや数千の企業と関わってきたが、障害者・健常者にかかわらず、少しずつリモートワークが理解される時代になってきていた。それにもかかわらず、ある先生が保護者に対して「リモートワークでできる仕事はない」と言っていたことが分かった。保護者からその話を聞いた私は、どの先生がそんなことを言ったのか保護者に尋ねた。なぜ障害児や保護者の希望を断つのか、理解できなかったからだ。だが、それが反感を買った。

「仮にリモートワークの仕事があると言うならば、その人たちに仕事を出してあげるまでが本当の意味で責任なんじゃないのかな」

これが学校側の主張だった。この言葉には納得する部分があった。妙にズシンときた。

最初は、企業社会で働いていない先生たちが「そんな仕事や働き方はない」と断言することに、「何も知らないくせに」といら立ちさえ感じていた。ただ私は、このことがきっかけで「希望だけ与えるのは、無責任なこと」だと思うようになった。少し自身の稚拙さも省みた。

だが、私が経営する会社で雇える人数には限界がある。理想と現実の間の壁を突破する方法はあるのか——。

働く場を増やしたい

母校での勤務を辞めた後、あらためて会社の業務に集中することにした。私が経営する会社で雇える人数には限界があるが、一人でも多くの障害者対象のリモートワークの仕事をつくりたいと考えたからだ。

そして、新しいサービス「チャレンジドメイン」を立ち上げた。在宅で働くことを希望する障害者と、業務委託をしたい企業をマッチングする事業だ。

以前の私は、障害者の働く場所を社内だけで構築しようと考えていた。だが、やはり、それでは世の中は変わらない。労働力、貴重な戦力として求めてくれる外部の企業との連携が必要なのだと気づいた。

私は高校生のころから、「どこで働くか」より「どう働くか」にこだわってきた。障害者が企業に雇用されることは理想だと思うが、多くの障害者が求めているのは社会に参加し、一人前に稼ぎ、納税をして認められるということだろう。

「チャレンジドメイン」を利用し、人生初の仕事に挑戦した重度障害者の男性はこう言った。

「仕事をすると、一日があっという間に過ぎていく」

この言葉は今も忘れられない。仕事が人生の全てではないが、一日中、家で寝て過ごすだけだった人にとって、働くということは、無機質な日常に確かな彩りを与えただろう。

「障害があっても在宅で働けます」

いつかリモートワークが当たり前に認められる社会となり、私自身が責任を持ってそう言える存在になりたいと強く願っている。

矢方美紀さんとの縁

私は地元のテレビの情報番組で、「寝たきり社長のただいま挑戦中！」というコーナーをレギュラーで持たせてもらっていた。「寝たきり社長」である私がMCとして、企業・スポーツ・社会活動など、東海エリアで活躍する「挑戦者たち」を紹介するコーナーだ。

番組では私自身が当事者であることから、障害者や難病患者の方にフォーカスをする。もちろん健常者の方も取り上げ、これまでに車いすのモデルやゴルファー、子ども食堂を手伝うプロレスラーの方などを紹介してきた。紹介する挑戦者は私が推薦することもあれば、番組スタッフが探してくることもある。番組を通じて新しい出会いが生まれ、私自身の活動の幅がどんどん広がっているという実感がある。

このコーナーでナレーションを担当している矢方美紀さんも私に負けない挑戦者の一人だ。女性アイドルグループ「ＳＫＥ48」の元メンバーの矢方さんは、二十五歳の時に乳がんだと分かった。左乳房の全摘手術を受け、そのことを公表。今も治療や検査を続けながら、タレントや声優として活躍している。

そんな矢方さんと番組が縁でつながることができ、私自身のユーチューブチャンネル「ひさむちゃん寝る」への出演をお願いした。矢方さんは快諾してくれ、私が経営する名古屋市名東区のサンドイッチ専門店「１８１（エイトサンド）」での対談が実現した。

勇気をもらった対談

矢方さんは二十五歳の時、テレビで知ったセルフチェックで乳がんに気づいた。リンパ節への転移も分かり、左胸の全摘手術を受けた。私は矢方さんに、なぜ乳がんや摘出手術を公表したのかを尋ねた。元アイドルで二十代半ばの女性にとって公表は相当な覚悟が必要だったはずだ。矢方さんは当初、「病気を公表したらたたかれ、自分が落ち込んでしまうのではないか」と心配したという。だが、病気を隠し続けることは難しく、間違った臆測や情報が出回ることに懸念を感じ、仕事を続けるためにも公表を決意したという。

抗がん剤の副作用がつらく、自分の中で病気を受け止められない時もあったという。だが、つらさは永遠ではなく、通過点の一つだと感じられるようになっていったという。

つらいことがあっても、決してめげず、前向きなエネルギーに変えられる矢方さん。「全力でやってみて、ダメだったら反省し、次につなげる。もしその道が合っていなければ、別の道を探し、前に進めると気づいた。そして今の自分が出来上がった」と教えてくれた。「一つ一つの仕事に着実に取り組み、自分の目指すタレントや声優になりたい」。そう笑顔で話してくれる矢方さんの意気込みに勇気をもらった。対談は、ユーチューブ「ひさむちゃん寝る」から見てほしい。

いつも輝いている仙務さん

声優・タレント　矢方美紀

私が仙務さんに初めてお会いしたのは、今から二年前の二〇二二年。もう二年も前になるなんて…あっという間に時間は過ぎていきますね。

この年は自分の芸能生活十三年目に初めての故郷・大分で撮影していただいた写真展。そしてリリースする新曲のイベントを名古屋の大須、東京・渋谷の二ヶ所で開催したんですが、そのイベントになんと仙務さんが来てくださったんです。

実は仙務さんが来てくれたのには、ある番組、あるお仕事がきっかけ。

それは、同年四月からCBCテレビ「チャント！」内のコーナーで放送されていました。『寝たきり社長のただいま挑戦中！』。実はこの番組内ナレーションを担当させていただいていたんです。そして番組には、以前鈴鹿8耐の特番のナレーションでお世話になったスタッフさんもいて、すごく嬉しかったことを覚えております。

番組を通して仙務さんとは画面越しに何度も会話していましたが、直接お会いしたのは、このイベントの日が初めてで、出会った瞬間にお互い「初めまして！」と会話したのを今でも覚えています。

この時がきっかけで、仙務さんが経営されているサンドイッチ専門店「181（エイトサンド）」へ遊びに行かせていただいたり、中日新聞で連載されていた「寝たきり社長の上を向いて」でも、私についてコラムを書いてくださいました。

仙務さんのユーチューブや執筆、また普段の活動の中には、〝挑戦〟という言葉が度々出てきますが、どんな時も挑み続ける・諦めない・決めつけない。そして、それを行動にする・実現させる仙務さんの姿は、いつも輝いているんです。

私は、二十五歳の時に乳がんに罹患し、現在も治療を続けています。

当時、突然左胸を切除したり、抗がん剤治療や放射線治療をしたり、自分の想像以上に治療があることや自分の病状を知り、近い将来自分がいなくなってしまうのではないか？という恐怖も感じましたが、病気になって生きることや自分の存在を大切にしていく、自分と向き合うきっかけにもなりました。

そして、そんな考えになれたのは、新しく出会えた人との繋がりもとても大きくて、仙務さんはもちろん、番組に出演されていた挑戦する方々の姿からはいつも「限りある人生の〝今〟という時間を大切に。そして挑戦し続けよう」という前向きさを受け取り、自分の活力へと変換していました。

誕生日が同じ六月生まれ、一日違いで。LINE の返信が私の知る限り誰よりも一番早い、仙務さん。またおすすめのアニメトークをしましょうね！

佐藤さんの言葉の魅力

中日新聞（東京新聞）記者　細川暁子

佐藤仙務さんの表現力、セルフプロデュース力は天性のものだと思う。「寝たきり社長の上を向いて」。中日新聞・東京新聞の連載の、この秀逸なタイトルを考えたのは佐藤さんだった。寝たきりで、文字どおり上を向いている佐藤さんの、ネガティブさを感じさせないポジティブな言葉遣い。連載の編集担当だった私は、ただそのセンスに脱帽するしかなかった。

ストレートで、少しとがっているところもある。それが佐藤さんの言葉、文章の魅力だ。

——「寝たきり」と聞いて、皆さんはどんなイメージを持つだろうか。「かわいそう」とか「一人では何もできない」とか、まぁ、そんなところだろう。大体、想像はつく。——

ちょっと挑発的な、連載第一回目の書き出しには、しびれた。

——私には子どものころ、大嫌いな言葉があった。「ありがとう」だ。——

そんな書き出しの回もあった。日常生活すべてに介助が必要だった佐藤少年にとって、毎回、何かをしてもらうたびに「ありがとう」と言うのは重荷だったという。前向きな気持ちばかりではない。どこか孤独もにじみでいた。正直に悔しさや苦しさを吐露する時もあったからこそ、共感を呼んだのだと思う。

交流の広さ、人を巻き込む力にはいつも驚かされた。故・安倍晋三前首相や昭恵夫人が佐藤さんに会いに来たこともあったというし、子どものころからあこがれだったポケモンの主人公「サトシ」の声優・松本梨香さんとユーチューブでの対談も果たした。

佐藤さんはSNSを駆使して自分から連絡を取り、どんどん人脈を広げていく。連載では、がんで闘病したフリーアナウンサーの笠井信輔さんや、元SKE48の矢方美紀さんたちにも登場してもらった。その対談の様子は、自分で編集した動画でも配信した。

「将来は、メディアに出まくる有名人になる」。高校時代、そう宣言した佐藤さんは、当時、周囲から冷やかされたというが、実際に新聞やテレビに取り上げられる存在になった。でも、今や、佐藤さん自身が、発信力、影響力の大きいメディアになった。

佐藤さんは、障害者にヘルパーを派遣する居宅介護事業所を名古屋市内で立ち上げた。名前は「ホームケアステーションさてと」。「さてと、今日はどんな一日にしようかな」と、障害者が気軽に外出予定を立てられるようになってほしいとの願いを込めた。親しみやすく、柔らかいネーミングのセンスには、やはり舌を巻くばかりだ。

障害者の日常や働く環境を軽やかに変えていく。裏では、ものすごい努力をして、挫折を味わいながらも上を向いて挑戦し続ける。それが佐藤さんの生き方なのだと思う。

第五章 見上げたそこに、きっと希望

電動車いすサッカーと出合う

小学四年生のころには、鉛筆を握る力もなくなり、電動車いすに横たわりながら授業を受ける日が増えていった。そんな体の自由がきかない私も、かつてあるスポーツに夢中になった。障害者スポーツの「電動車いすサッカー」だ。

特別支援学校の中学部に入学してまもなくのこと。給食中、副担任の先生に声をかけられた。

「みんなと一緒に体育館で遊んだらどうだ？」

私は少しムスッとした。他の生徒は私より体が動く子が多い。その子たちは、体育館を車いすで走り回ったり、遊んだりもできるが、私には無理だった。

「ぼくは電動車いすはなんとか操作できるけど、ボールを投げたり、足で蹴ったりはできない。みんなと遊べないんだよ」

私がそう言うと先生は、

「ごちゃごちゃ言うな。ほら行くぞ」

と、私を体育館に連れて行った。体育館では、みんな笑いながら楽しそうに遊んでいた。

「ちょっとそこで待ってろ」

そう言うと、先生は体育館の倉庫から、通常よりかなり大きいボールを持ってきた。

「電動車いすサッカーって知ってるか？」

先生は笑いながら、大きなボールを私の前に転がして言った。

「蹴ってみろ」と。

ボールを〝蹴った！〟

当然ながら私は自分の足を動かすことはできない。どうやって蹴れというのか。あからさまに不機嫌そうな顔をすると、先生は少しあきれた感じで「足で蹴るんじゃなくて、車いすで蹴るんだわ」と言った。

私は少しムキになって、電動車いすのレバーを前方に力いっぱいに倒し、勢いよくボールにぶつかっていった。

「ドンッ！」

車いすに自分の体にも伝わるぐらいの衝撃があった。今さっきまで、目の前にあったはずの大きなサッカーボールは、一直線に体育館の反対側まで飛んでいった。

それまでパソコンやテレビゲームの世界では、自分の意志で何かを動かすという経験があった。だが、現実の世界でこんなに大きな物体を自分で移動させたのは生まれて初めての経験だった。そしてあらためて、大きなサッカーボールが遠くまで行くと小さく見えること、それを自分が眺めていることに、言葉では言い表せないほどの感動を覚えた。この感動は、読者のみなさまに分かりやすく伝えるなら、「ある時、急に自分が空を飛べるようになった」ぐらいの衝撃だった。

「面白いだろ？　明日から給食を早く食べて、サッカーの練習だな」

先生はまた笑顔で、私の頭をぽんぽんとたたいた。

サッカーに燃えた

電動車いすサッカーに出合った私は、とにかく夢中になった。それまでの人生で、これほどまでに胸が熱くなれるものは他になかった。

それからの私は学校の授業中以外は、来る日も来る日もボールを蹴っていた。当時の私を知る人は、誰もが私のことを「サッカーばか」と思っていたし、廊下でドリブル練習をしていたことがバレた際には呼び出しを食らったこともあった。

最初はボールを思ったように転がすことができなかったのが、練習すればするほど自分の意志通りに動かせるようになっていく。その喜びがたまらなかった。

電動車いすにもクラブチームがある。学校の友達や体育のレベルでは満足できなくなった私は、母に頼み込み知り合いの紹介で名古屋のクラブチームに入れてもらった。最初、母はクラブ入部に反対していた。だが、私のあきらめの悪さを世界一知っているのも母だ。結局、最後にはため息をついて認めてくれた。

学校内ではサッカーがうまくて誇らしげだったが、クラブチームに入れば自分の実力なんて全く大したことがないと知った。「井の中の蛙大海を知らず」。まさに当時の私がそれだ。

それでも週末にサッカーの練習ができることや、大会や公式戦に出られる時間が心から幸せだった。だが中学三年生の秋、電動車いすを操作していた右手に、ある違和感を覚え始めた。

そして気がついたときには、私は試合中のコートで動けなくなっていた。

右手が動かない

中学三年生の秋、私は電動車いすの操作ができなくなった。少し前から違和感はあった。日を追うごとに鉛のように重たくなっていく右手。ある日を境に、私は電動車いすのコントローラーに手を添える力もなくなっていた。

それまでは学校の授業も車いすに乗り、リクライニングを倒せば問題なかったが、次第に車いすではなく、ベッドで過ごすことが増えていた。給食もだんだんと食べるスピードが落ちていく。そしてそしゃくや嚥下の力が顕著に衰え始め、私の食事はきざみ食になっていった。

何より、悔しかったのは右手が動かなくなり、電動車いすの操作ができなくなったこと。すなわち、もうサッカーができないということだ。私は所属していた電動車いすサッカーのクラブチームに退部を申し入れた。

高校に入学するころには、右手の機能がほぼなくなっていた。そして、完全に電動車いすを操作できなくなり、学校内での移動はすべて先生による手押しで、自分の意志で動き回ることは完全にできなくなっていた。

あの日と同じせりふ

高校二年になった春、転機が訪れた。サッカーを教えてくれた先生が中学部から高等部に異動してきたのだ。しかし私は、少しだけ気まずさを感じていた。それは先生にまだ「サッカー辞めました」と報告していなかったからだ。

先生は私を見かけると、「サッカーは続けてるか？」と言ってきたが、電動車いすに乗っていない私を見るなり、何か言葉を探していた。

「先生、僕さ、右手使えなくて電動車いすすら操作できなくなっちゃって。あっ、でも、車いすになっても誰かが押してくれるから前より楽チンで……」

そうやって強がりを言うと、先生は「そっか」と言い、続けてこう言った。

「別に車いすを押してもらうのが悪いわけじゃないが、車いすを押してもらいながら何かをすることで、おまえの中で何か意味は生まれるのか？」

正直、心の中で先生と同じことを思っていた。他の先生は皆、「別に電動車いすで自由に動けなくても、体育の授業でも友達との掃除でも、先生たちが車いすを押すから心配ないよ」と言ってくれたが、私の中で意味を見いだせなかった。

私は一呼吸をおいて、「とはいえ、どうしようもないことだってありますよね」と笑いながら言うと、先生は、

「ごちゃごちゃ言うな」

と、初めて私にサッカーを教えてくれた日と同じせりふを言った。

あきらめの悪さを大切に

「車いすを押してもらいながら何かをすることで、おまえの中で意味は生まれるのか？」

高校二年の春、先生の言葉が妙に響いた。病気の進行に伴い、右手が動かなくなった私は、どこかふだんの生活でもあきらめ癖（ぐせ）がついていたからだ。障害者だから頑張ってもどうしようもないと。

しかし、先生は中学の時、「おまえはすぐに調子に乗るのが難だが、そのあきらめの悪さは大切にしろよ」と言ってくれた。ふとその言葉を思い出した時、私はどうしても、電動車いすサッカーに復帰したくなった。

それからというもの、私はどうしたら電動車いすを操作できるのかを考えた。必死に知恵を絞りながら日々の学校生活を送っていた。

そんなある日、特別支援学校の「自立活動」という授業の中で、私は大好きな「ドラゴンボール」の塗り絵をしていた。高校生にもなってなぜ、塗り絵なのかというと、それはリハビリのためだ。

当時の私は電動車いすの操作はできなくなったものの、まだ何とか鉛筆やペンで文字を書くことができた。椅子に座って書くことはできなくなっていたので、ベッドで横になって右手でペンを持ち、ペンの根元を口にくわえながら、唇のわずかな動きで塗り絵をする。するとその様子を見たあるクラスメートが私に「口でよくそんな器用に書けるな」と言ってきた。私は笑いながら冗談交じりに、

「口先だけはまだ動くからな」

と言った。

それは何げない会話だった。自分で言った「口先だけはまだ動くからな」という言葉にピンときた。

「口で操作してみせます」

もしかしたら、電動車いすの操作を口でできるかもしれない。早速、私はインターネットで、口で電動車いすを操作している人がいるかを調べた。すると、顎(あご)や足で操作し、電動車いすサッカーをしている人がいた。ただ、口で操作している選手の情報は出てこなかった。

しかし私はどうしてもあきらめたくはなかった。ここであきらめたら、私はこれからの人生で「障害者だから仕方ない」とことあるごとに障害のせいにする気がした。

私は母に頼み、車いすの業者に会わせてもらうことにした。そして自分のアイデアを伝えた。

「手はもう動かない。足だって動かない。けれど、僕はまだ口が動きます」

そう言うと、業者の方は困り顔になった。ひと通り、私がアイデアを伝えると、少しの間を置いてこう答えた。

「電動車いすを口で操作している人なんて聞いたことがない」

反応は決して良くはなかった。続けて、「もう電動車いすはあきらめて、手押しの車いすにしませんか」とも言われた。

しかし私は一歩も引かなかった。

「絶対に口で操作してみせます」

と言うと、それを聞いた母がこう言った。

電動車いす動かせた!

「この子ができると言うならできると思うんです」

母がそう言うと、業者は「分かりました。やれるだけやってみましょう」と言い、口で操作できるデモ機を用意してくれることになった。そして数カ月後、口元に小型のコントローラーを設置した電動車いすが届いた。長さ二〜三センチの小さな突起を下唇の下にあてて、唇のわずかな動きで操作する。

初試乗の日、業者の方に「用意はしましたが、やはり相当な練習が必要だと思いますよ」と言われ、続けて「これで駄目ならさすがに電動車いすはあきらめてください」とも言われた。

私は心の中で「僕なら絶対にできる」と何度も念じた。その電動車いすに乗せ換えてもらった。実際に運転してみると……、私はニヤッとした。

自分のイメージ通りに動くことができた。そして、こみ上げるうれしさをこらえきれなくなった。私はその場で電動車いすをくるくると回転させ、誇らしげにこう言った。

「ほら、絶対にできるって言ったでしょ?」

その光景を目にし、業者の方は目を丸くした。

もちろんサッカーも再開した。名古屋のクラブチームに復帰し、高三の秋には、全国大会に出場することもできた。

電動車いすサッカークラブ・太田川ORCHID

地元クラブの創設という新たな夢

一度はあきらめかけた電動車いすサッカーへの復帰だったが、口で電動車いすを操作するというアイデアのおかげで実現を果たした。もちろん、電動車いすサッカーを教えてくれた先生にも報告すると、ただただ、うれしそうな表情をしていた。

それから私は、二十代半ばまで電動車いすサッカーを続けた。最終的に引退した理由は、社長として経営活動へ集中したかったのと、体力的にも負担が大きくなってきたことにある。

だが最近、電動車いすサッカーに関連した新しい夢ができた。それは私の地元・東海市で電動車いすサッカークラブを創設することだ。クラブ名は東海市の代表駅である太田川駅と、東海市の名産「洋ラン」の英名ORCHIDを掛け合わせ、「太田川ORCHID（オーキッド）」と名付けた。クラブのロゴも決まり、体験会を開くなどして、メンバーを募っている。

私自身、東海市のふるさと大使を務めていることもあって、このクラブ活動が東海市のＰＲにもつながればと考えた。

まだまだ世間ではマイナーな電動車いすサッカーではあるが、私は、あきらめかけたときの逆境力をこの電動車いすサッカーから学んだ。

だからこそ、かつて私に電動車いすサッカーを教えてくれた先生のように、この障害者スポーツの楽しさと、「最後の最後まであきらめない」というマインドを一人でも多くの障害者に手渡していきたい。

介護経験ないのに、なぜ求人応募？

二〇一一年に会社を立ち上げてから、これまでさまざまな出会いがあった私だが、その中で「佐藤さんに出会ったことで、障害者に対するイメージがガラッと変わった」と言ってくれる人がいる。

こう書くと、それは良い意味でなのか、悪い意味でなのか、気になるところだと思うが、この話の結末で読者の皆さまが判断してほしい。

そんな彼との出会いは、とあるインターネットの求人だった。二〇一九年一月のこと、私はヘルパーの求人を掛けていて、彼は応募してくれた。

応募内容を見てみると、現職には「自営業」と書いてあった。介護関係の仕事をされているのではなく、自営業というのが気になったが、まずは会ってみることにした。

実際に会うと、四十代後半の男性だった。初対面の印象は物静かで、おとなしそうな感じだったが、かなり緊張している雰囲気は漂っていた。

私が応募動機を聞くと、「これまで障害者と接点がなかったから、まずは実情を知りたい」と答えた。そして彼は続けて、介護経験や資格もないと言う。

私は少し疑問を感じた。介護経験や資格がないのもそうだが、「これまで障害者と接点がなかったから……」と言っているにもかかわらず、なぜ急にヘルパーをやりたいと考えたのか。

それが不思議だった。

すると彼は、その理由をゆっくりと話し始めた。

縁を直感　「一緒に働こう」

ふだんはホームページや印刷物のデザイン制作を生業にしているといい、それは偶然にも、私が経営する「仙拓」と同じ事業だった。

彼は続けて、「ここ数年、障害者の就労支援の事業所から仕事の依頼が増えてきています。一方で障害がある方との接点がなく、実情が分からず、介護という立場から少しでも障害者の生活や現場を知りたい」と話してくれた。静かな語り口調ではあったものの、その探究心には熱いものを感じた。

私はひと通り話を聞き終えた後、「大変申し訳ないのですが、介護資格がないため、ヘルパーでお願いすることはできません」と丁寧に説明。そして、そのままある提案を持ちかけた。

「ヘルパーとしての仕事は難しいですが、良かったら、私の会社で一緒に働きませんか？」

初対面ではあったものの、私は彼と仕事がしてみたくなった。ここで終わってはいけない縁だという直感があった。彼は「ぜひお願いします」と笑顔で答えた。それが、玉田誠さんとの出会いだった。玉田さんは自身の仕事を続けながら、「仙拓」にも籍を置いてくれることになった。

経営の悩みを相談して好転

当時、私は会社経営で悩みを抱えていた。今思えば、玉田さんが入社してくれたことで風向きが大きく変わったと思う。

「仙拓」という会社は、二〇一一年に幼なじみの共同経営者と立ち上げた会社だ。玉田さんが入社する少し前、共同経営者から「仙拓」を退職し、別の会社を起こしたいとの申し出があった。その話を聞いたときは正直不安な気持ちが大きかった。私は、今後会社をどう成長させ、どうかじを切っていくかを悩んだ。共同経営者は二〇一八年春に退職し、玉田さんが「仙拓」に入社したのは、その後だった。

私は玉田さんに、今自分が悩んでいることを話した。すると、玉田さんから予想外にこんなことを言われた。

「佐藤さんは、『自分でもできる仕事』と『自分にしかできない仕事』を両方やっているから負担が大きいんですよ」

その言葉に、私は妙に納得した。確かに本物の経営者というのは、たとえ自分がいなくても、その会社が安定して回り続けるようにしなければならない。

私は玉田さんにも手伝ってもらい、会社の経営スタイルを一新する決意をした。玉田さんとの関わりが増えていった。

業務を見直し、「社長」に集中

私は玉田さんの助言を機に、これまでの経営スタイルを変えることにした。

私はそれまで「自分でもできる」業務に追われていた。例えば、従業員の勤怠管理や給与計算、振り込み作業といった事務仕事などだ。ホームページや名刺の制作といった業務も、お客さまとのやりとりを含め、現場レベルにまでほとんど関わっていた。

しかし、これらの業務を社長の私がどれだけこなしても会社の成長にはあまりつながらず、良い事業アイデアがひらめいてもチャレンジできない状況だった。社内の役割分担を見直し、「自分にしかできない」業務に集中すると、人と会う時間が取れるようになり、見識も、ビジネスチャンスも広がった気がした。

一方の玉田さんは、私が誰かに会う時にはいつも同行してくれた。当初、「障害者の実情を知りたい」と連絡をくれた玉田さんだったが、障害者との新たな出会いが生まれるたびに喜んでくれた。そして、その出会いの中で、障害者の就労を応援するフリーペーパーを発行する構想を私に話してくれた。

フリーペーパーで障害者の就労応援

世の中の多くの人は障害者イコール不幸と思い込んでいる。だが、決してそうではない。もちろん、障害による不便さはあるが、玉田さんは不便さの多くが障害者と健常者の情報連携の弱さに起因していると考えた。

私にはこの着眼点が実に興味深かった。なぜなら、これまで障害者とほとんど関わってこなかった玉田さんだからこその事業アイデアだと思ったからだ。

私が「やれることは何でも協力しますよ」と言うと、玉田さんは「仙拓」にも籍を置きながら、フリーペーパーの運営会社を立ち上げることを決意。フリーペーパーは「どうどう」と名付け、障害のある方にもっと「どうどう」と社会進出してほしいという願いを込めた。

働く障害者やスポーツに打ち込む障害者らにインタビュー。二〇二一年七月に創刊すると、反響も大きかった。毎月発行し、今では愛知県内のほぼすべての特別支援学校に置かれるように。大手企業からも広告掲載の依頼があり、障害者雇用の求人掲載の問い合わせもあるという。

私と出会ったことで「障害者へのイメージがガラッと変わった」という玉田さん。不幸でない障害者のイメージを世の中に発信しようとしている。

夢を抱く少年との出会い

私の人生の転機は、いつも誰かの言葉から訪れる。何げない一言でも、それは時に絶大な突破力を与えてくれることがある。これから記すエピソードに出てくる少年も、そのうちの一人。彼は間違いなく私の人生に大きな影響を与えてくれた。

二〇一八年度、私は自身の母校でもある愛知県立港特別支援学校で勤務していた。その一年間は、卒業生という立場ではなく、非常勤職員として勤めた。担当は週一コマ。私が受け持ったのは「自立活動」という授業。障害がある児童や生徒の自立を目指して、教育的な活動を行なう指導領域だ。

私はこの授業で、障害がある中学生から進路相談を受け、メンタルケアをしていた。少年とは、そこで出会った。彼は私のふだんの活動を知っているのか、目を輝かせて話をしてきた。学校での出来事や家での生活など、あらゆる話を私にしてくれた。その中でも特に彼が私に聞いてほしいと言ってきたのは、将来の夢についてだ。

昨今、健常者、障害者を問わず、将来の夢を持っている子どもが少ない印象を持っているが、彼は、自分の夢を声高らかに語ろうとしていた。車いすに乗り、日常生活に明らかに制限のある障害があっても、屈託のない笑顔を見せてくれた。

「どんな夢があるのかな？」

私は彼に尋ねた。

つらい経験が自分と重なる

車いすの少年は目を輝かせて夢を語ってくれた。

「大人になったら、飲食店をやってみたいんです」

障害がある自分の手では料理できないが、自分が考案したレシピで料理を提供し、人々が笑顔で帰っていく様子を見たいという。

中学生の彼の夢に、私は興味を持ち、その話をじっくりと聞いた。私自身、これまで多くの障害児と関わってきたが、特に中学生ぐらいの多感な時期になると、接し方は非常に難しくなる。それは心が成長し、自分の障害に対しても真剣に向き合わざるをえなくなるからだ。

思春期だったころの私もそうだった。「自分はどうせ何もできない」とか、「今から何かを始めたところで自分の寿命は短い」とか、そんなネガティブなことばかり考えてしまう時期は、必ずある。

しかし、彼は声高らかに夢を語る。その姿を見て、私はうれしくなった。私は彼に、夢に向かって努力することの大切さを伝えた。

ただ、次第に、彼の表情は暗くなっていった。それは、彼が自分の夢をまだ周りにしっかり伝えられていなかったからだった。何より、親や学校の先生に軽く相談したことはあったが、少し笑われ、真面目に聞いてもらえたことが一度もなかったという。彼のその経験が過去の自分と重なったのか、私はとにかく胸が締めつけられるように痛くなった。

目に留まったサンドイッチ店

「飲食店をやってみたい」。少年の夢を聞いた私は、当時、始めようとしていたキッチンカーの事業と並行して、飲食店を開けないかと模索した。

数年後、私はインターネットで、とあるサイトを見つけた。事業譲渡のマッチングサイトで、私はここで「仙拓」で買えそうな店舗での飲食事業を探した。そしてある日、あるビジネスが目に留まった。

それは、名古屋市名東区にあるサンドイッチ店だった。この店に注目した理由は三つある。

1．専門的な調理スキルが不要なこと

2. 既存のキッチンカー事業でも販売できること
3. 限りなく小型の店舗であること

――であった。

早速、サンドイッチ店のオーナーに連絡を取ってみると、既に数十の企業から問い合わせがあるという。そこで、その店に行ってみることにした。店はビルの中で、あまり目立たない場所にあった。店内には小さなイートインスペースこそあるものの、とてもコンパクト。店名は「181」と書いて、エイトサンドと読んだ。

私はオーナーと話してみた。なぜ、店を手放そうと考えたのか。次に引き継ぐ人に求めるものは何か。このお店の強みや弱点など、ありとあらゆる質問を投げかけた。そして、私は社内のスタッフとも相談し、当時のオーナーに買収をしたいと申し出た。

集客に苦戦　打開へのアイデア

二〇二一年末、サンドイッチ店を買い取った後、今までになく大変な日々が続いた。

名刺やホームページの制作など、リモートワークが基本の既存事業と違い、直接的な対面が必要な飲食店では、それまでとは異なる悩みが生じた。リニューアルオープンの準備、スタッフの採用・教育、商品の仕入れ・製造、営業・マーケティングなど、やるべきことは山積みだった。特に、「仙拓」では初めて一度に何人も面談・採用をしたが、想像以上に苦労した。応募者は多かったが、条件が合わなかったり、面接当日にドタキャンされたりと時間がかかった。

予想通り、集客にも苦戦した。店舗ではサンドイッチと飲み物を扱い、変わらない味や雰囲気を守りつつ、新たな顧客獲得にも力を注いだ。もちろん、ネット上での情報発信やSNS活用など、さまざまなことを試みたが、すぐに効果は出ない。覚悟はしていたが、だんだんと赤字は膨らんでいった。

しかし、私の中では、いくつかのアイデアがあった。それは、「ホットサンドを売る仙拓のキッチンカー事業と連携すること」と、「個人だけではなく、企業や行政なども顧客ターゲットにすること」だ。キッチンカーは、常に新しい場所で新しいお客さまと出会うのが強み。一方、企業や行政をターゲットにすることで売り上げ予測が立てやすくなると考えた。

すると、とある有名企業から大きなオファーが来た。

駅売店などに広がる販路

ＪＲ東海の駅の売店を運営する東海キヨスクから、駅構内のコンビニエンスストアでサンドイッチを販売しないかという打診があったのだ。店のホームページを見たという。企業や自治体への納入を意識して、配送サービスや卸販売もできるとホームページに明記したのが功を奏した形だった。

名古屋市のＪＲ金山駅、大曽根駅、愛知県春日井市の勝川駅のベルマートキヨスクで常設販売させてもらった。販売初日にはテレビ局も撮影に来た。その後、豊田自動織機グループの従業員向け売店にも販路を広げ、愛知県庁の売店でも扱ってもらえる予定だ。新しいアイデアが実って新たな顧客が獲得でき、売り上げも少しずつ伸び始めた。

しかし、飲食事業への挑戦は決して容易ではない。ましてや、私のような重度障害者にとってはなおさらだし、多くの苦労と困難に直面した。正直、途中でやめてしまおうと思った時も何度かあった。それでも、あきらめずに挑戦し続けてこられたのは、飲食店をやってみたいという障害のある少年との出会いのおかげだ。

彼の夢の手本になりたいとも思って始めた飲食店だったが、いつも支えてもらっていたのは、実は私の方だったのかもしれない。

就活で知った「先駆者」

高校三年生のころ、私は、重い障害のために働く場所を見つけられず、途方に暮れていたことがあった。そんな時、私は、とある男性のブログを読んで、大きな感銘を受けた。

彼は夏目浩次さんという。今は、「久遠(くおん)チョコレート」のブランドで、愛知県豊橋市を中心に、チョコレート専門店を全国の五十七拠点に展開し、障害のある人や子育て中の母親らを多く雇用している。当時は、障害者と健常者が一緒に働くパン工房を経営していた。私は彼のブログを読んで胸が高鳴った。

私は夏目さんの会社で働きたいと思い、進路の先生にお願いして直接メールを送った。夏目さんからは、「残念ながら雇うことができない」との返信があった。当時の会社が身体障害者の就労には不向きであることや、会社の体力的な問題が理由だと丁寧に説明してくれた。

今から十四年前、障害者が雇用されることは難しかった。就職活動に苦戦していた私にとって、夏目さんのように丁寧な対応をしてくださる会社は非常に貴重な存在であった。

夏目さんからの返信を受けた時、自然と感謝の気持ちが生まれ、いつか彼と一緒に仕事をしたいという思いが芽生えた。

十四年を経て夢のコラボ

「全ての人々がかっこよく輝ける社会」の理念を掲げ、障害者と健常者が一緒に働くパン工房を、かつて営んでいた夏目浩次さん。十四年前、私が就職活動をしていた時には、残念ながら雇えないという返事だったが、丁寧な対応に、さらに前向きに生きる気持ちが湧いてきた。

その後、私は起業し、ずっと夏目さんと一緒に仕事をしたいとの思いが心の中にあった。夏目さんは、パン工房と同じ理念で「久遠チョコレート」ブランドの専門店を経営することに。私は偶然にも、夏目さんと同じ食の事業に進出した。直感に従い、私が経営する「仙拓」のキッチンカーと久遠チョコレートのコラボレーションを提案してみることにした。

夏目さんも多忙のため、返事がもらえるかどうかは分からなかったが、彼はわざわざ会いに来てくれた。そして、

「佐藤さんのことは気にしていました。そして、僕にとっても憧れになりました。いよいよ一緒のステージに立ててうれしい」

と言ってくれた。

夏目さんの言葉に心が震えたが、何より夏目さんが私に小さい声で、

「本当によく頑張った」
と言ってくれたことが心に深く響いた。コラボでは、移動するキッチンカーで、久遠チョコレートを販売する計画だ。これからのコラボが楽しみだ。

SNS投稿で人生大逆転

私は日々、この時代に生まれてきて良かったと心から思っている。理由はいくつもあるが、そのうちの一つは、インターネットをはじめ、フェイスブックやツイッターなどの交流サイト（SNS）があることだ。

二〇一一年に会社を立ち上げた当初から、日々の活動をSNSでほぼ毎日投稿している。始めたきっかけは、会社のプロモーションにつながればとの思いからだ。思うように外出ができず、会社のプロモーションや営業活動について悩む中で、当時はやっていたSNSに目をつけた。

マメな性格ではなかったので、最初は毎日のように投稿するのが苦痛に感じていた。しかし、数年もたてば、生活の一部や習慣になった。そして、この習慣のおかげで会社の営業活動だけではなく、私の投稿を見たというテレビ局や新聞社などから取材依頼が舞い込み、自身の知名度も徐々に上がっていった。すると、そこでまた新しい出会いが生まれ、人脈が広がる。会社を立ち上げてから四年後には当時の内閣総理大臣だった故・安倍晋三さんともつながった。もしSNSがなかったら、今の寝たきり社長は存在しないと断言できる。

「グルメ帝王」とSNS談議

SNSで人生を大逆転させた私だが、世の中には私と同じようにSNSで人生を大きく変えた人がいる。

彼とは、同じ東海市の出身ということで出会った。彼は「名古屋グルメ帝王」というハンドルネームを使い、名古屋圏の飲食店を紹介している。

基本的に顔出しはしないが、それでも彼のインスタグラムなどのフォロワーは二〇万人超。特にグルメに興味のある若い世代に人気だ。彼の評価や情報発信が、その飲食店の人気にも影響を与えている。

最初、私は彼がインフルエンサーであることを知らずに会った。しかし、話してみると私たちはお互いにSNSで人生を逆転させたと分かり、経験を共有して意気投合した。そして、SNSの活用や可能性について話し合う中で、彼が私にある事業の提案をしてくれた。

それは「ＳＮＳの運用代行」というビジネスについて。今や多くの人が生活の一部としてＳＮＳを利用し、企業や行政などもＳＮＳを広報手段として活用し始めた。ただ、ＳＮＳは誰でも簡単に始められる一方で、そう簡単に成功するわけではない。

彼は自身のＳＮＳの知識やノウハウを障害のある人々に教え、就労支援に役立てられないかと考えたのだ。

障害者就労に新たな可能性

名古屋グルメ帝王の提案で、私の経営する「仙拓」は二〇二一年末から、「ＳＮＳの運用代行」のサービスを始めることにした。ホームページ制作の業務は請け負っていたが、ＳＮＳの運用代行は初の試み。最初はお試し料金を設定し、名古屋グルメ帝王の紹介で、建設系の会社が初めての顧客になった。

社内のスタッフで適任者を探したところ、「仙拓」で事務職として働く身体障害のある女性がこの取り組みに共感し、名乗りを上げてくれた。インスタグラムに、顧客の求める時間、内容で投稿。ＳＮＳ上で注目を集めるノウハウは、名古屋グルメ帝王から学んだ。

彼女は二十代でＳＮＳをふだんから利用しており、のみ込みも早かった。障害の特性のため、椅子に座って長時間作業することは難しいが、この業務であればスマホ一台で自分のペースできると喜んでくれた。代行分の賃金も新たに発生した。

もちろん、肝心のサービスについても手応えがあった。名古屋グルメ帝王が顧客との窓口となって要望を聞き、ＳＮＳ運用の方針を決めた後、障害者スタッフが運用することが、一つの形となった。名古屋グルメ帝王との出会いは、私に障害者就労の新たな可能性を示してくれた。

同じ病気の双子ちゃんと対面

私が患っている脊髄性筋萎縮症という難病は、十万人に一、二人が罹患（りかん）すると言われている。この病気は運動神経に変化が起こり、次第に筋力が弱くなり、生活全般で介助が必要となる。障害の程度はさまざまだが、私の場合は、代名詞の「寝たきり社長」のように寝たきりの生活を送っている。

日本での患者数は推定一〇〇〇人前後と報告されている。そんな希少疾患だが、実は数年前、私は、ある出会いに大きな衝撃を受けた。

それはＳＮＳで一人の女性から連絡を受けたことから始まった。その女性は「佐藤さんにはいつも元気をもらっています」とメッセージを送ってくれた。私は最初、よくいただく応援のメッセージだと思ったのだが、よくよくメッセージを読むと、「私は脊髄性筋萎縮症の双子の母です。四歳で女の子です」と書かれ、車いすに乗った双子の女の子の写真が添えられていた。

私は正直とても驚いたが、双子の女の子に会いたくなった。同じタイミングで、お母さんから「二人に会ってもらえないでしょうか」という声も掛かったので、二〇一九年秋に名古屋市の双子の自宅に伺った。部屋に入ると、大きなベッドが二つ並べられ、呼吸器をつけた二人の女の子が「誰か来た！」と言わんばかりの表情で、私をじーっと見つめた。

何にでも挑戦できる時代

二人は私をじっと見つめた。自発呼吸が難しいため、人工呼吸器はつけているが、わずかに出せる自分の声を一生懸命に発していた。

私は、自身が同じ難病でもあるため、二人の姿を見ても「大変そう」とか、ましてや「かわいそう」という気持ちは一切湧かなかった。むしろ、「よくぞ、この時代に生まれてきてくれた」というポジティブな感情さえ芽生えた。

もし、私たちのような重度の身体障害者が五十〜六十年前に生まれていたら、きっと生涯、

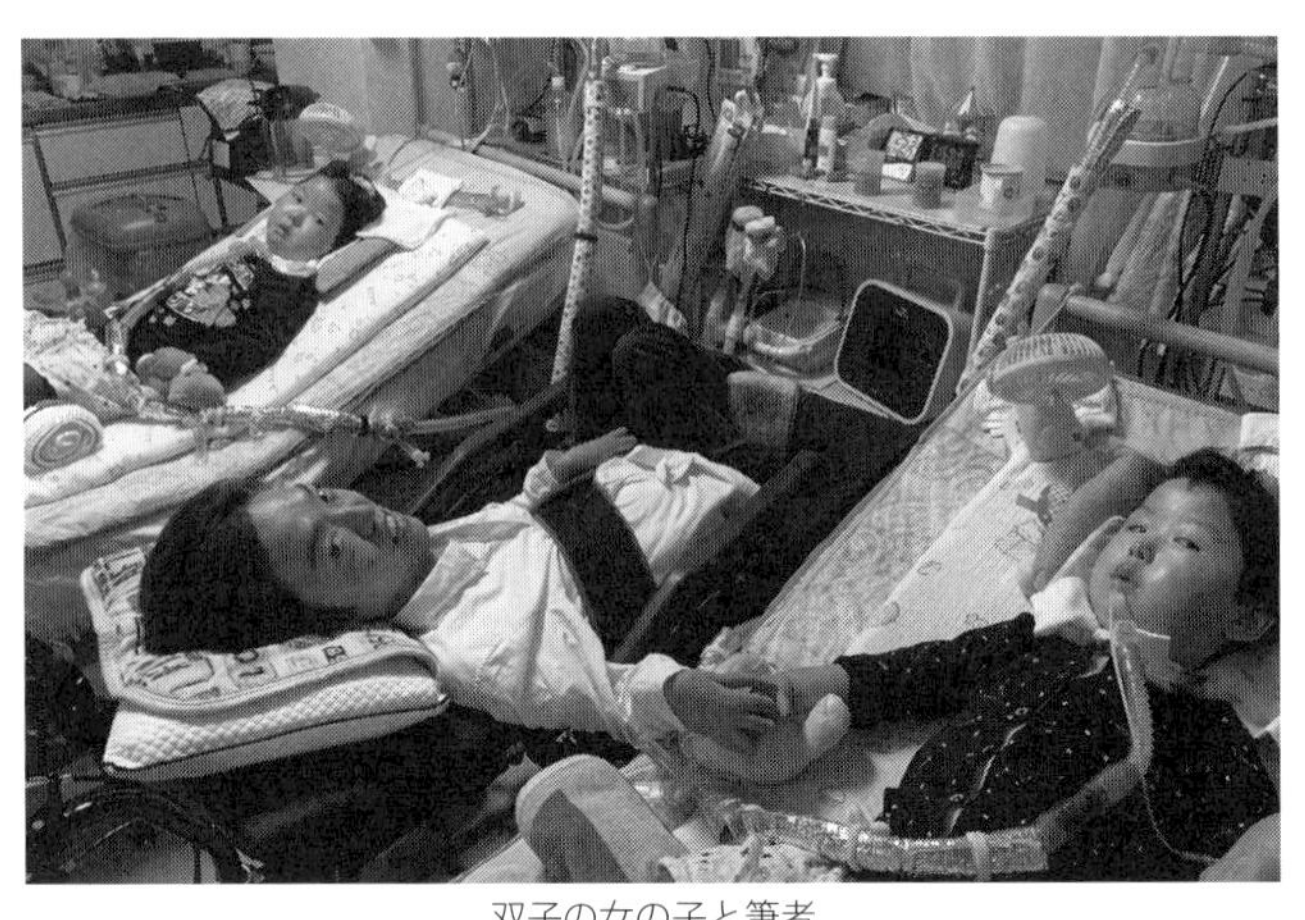

双子の女の子と筆者

何もできずに、ただ、ベッドの上で横たわって一生を終えていたはずだ。だが今は、最新のテクノロジーをうまく活用することで、あらゆることに挑戦できる時代になった。私にとっての「寝たきり社長」がまさにそうだ。私より随分と若い二人の未来は、さらに希望で満ちている。

私は最近、双子の女の子のお母さんに「私のヘルパーをしてみませんか」と提案した。理由としてはもちろん、私のヘルパー不足もあるが、それ以上に私のヘルパー活動を通して、脊髄性筋萎縮症の患者の未来や可能性を感じてもらいたいと思ったからだ。そうやって、次の世代へのバトンもしっかりとつないでいきたい。

プラス思考は母からの遺伝

前回では、私が抱える難病である脊髄性筋萎縮症について触れた。この難病は遺伝子が関連する疾患。両親ともに病気の遺伝子を持つ保因者の場合、四分の一の確率で発症する可能性がある。

私は男三兄弟の末っ子として生まれた。兄二人は健常者だ。子どものころ、初めてこの事実を知った時、私は「この難病になったのが兄弟の中で自分で良かった」と思った。

もし長男や次男が脊髄性筋萎縮症だった場合、両親は次の子を産まないと考えた可能性があると思ったからだ。そうなれば、私はこの世界に生まれてこない。五体満足で生まれるのが良いのは当然だが、私は自身が難病患者であっても、この世界で生きることの素晴らしさを感じている。正確に言うと、今私が関わっている方々ともう一度出会えるなら、難病の体でも生まれたいと考えている。

ちなみに少し前だが、私は母にこんなことを聞いてみた。

「もし最初の子どもが脊髄性筋萎縮症だったらどうする？　次の子も四分の一の確率で発症す

るって医者から言われたら？」
というもの。すると母は
「四分の一なんて確率低い」
と笑って答えた。母が病気や障害を重くネガティブに捉えていないことが、よく伝わった。私は、そのことに妙に納得し、難病の遺伝以上に、母から大切なことを受け継いでいると確信した。

短冊に書かなかった本当の願い

――ぼくもいつか、歩けるようになりたいです。

小学一年生の七夕の日。私は特別支援学校の授業で短冊に願いごとを書いた。「どんなお願いでもいいので、みんなのかなえたいことを書いてください」。学校の先生がそう言うと、友達はせっせと欲しいおもちゃやゲーム、将来の夢などを短冊に書き始めた。

私は少し考えたあと、当時はまだ動いた右手で短冊にこう書いた。

「ぼくもいつか、歩けるようになりたいです」

それを見た友達は「仙務くん、大人になるまでに歩けるようになるといいね」と言ってくれたが、先生たちの反応は違った。困った表情をして、急に黙り込んでしまったのだ。幼心ながら、その空気感は伝わった。

今思うと、それは無理もない。私が患っている脊髄性筋萎縮症は根本的な治療のない難病だ。進行性の病気ということもあり、成長とともに筋力が衰えていく。歩くどころか、座っていることさえ難しくなる。個人差はあるが、今の私の状態である寝たきり生活にやがてなる。私の両親は当時、医者からあと五年から十年くらいしか生きられないだろう言われていた。

そんな私が「歩けるようになりたい」と言うのだ。あまりにも遠すぎる夢である。それどころか、むしろ離れていく夢に先生たちは胸を痛めたのだろう。

でも、かないもしない願いごとを書いたのには理由がある。

「一億円で治ったら払ってくれる？」

ある日、学校から家に帰った後、ふとテレビを眺めていた。すると何かのニュースで「一億円」という言葉を聞いた。何のニュースだったかは覚えていないが、当時七歳ぐらいの私にとって、あまりにもピンとこない金額だった。しかし、子どもの私でも、とにかく大きいお金

筆者（中央）を囲む兄たちと母

ということだけは分かった。すると、私はこんなことを思いついた。

「ねぇ、お母さん。もし、僕の病気が一億円で治ったら払ってくれる？」

母は一瞬、驚いた顔をした。ただ、少し間を空けてこう答えた。

「うちにそんな大金なんてないんだけど、仙務が歩けるようになるんだったらきっと何とかするかな」

そう話しながら、母はいつもの屈託のない笑顔を見せた。「だけど、お父さんのお給料じゃ足りないから、どうしようねぇ」。そんなことを冗談めかして言った。笑っているのに、どこか寂しそうな表情をしていた。あの日のことは、今でもはっきり覚えている。

それから二十年以上の月日が経ち、私は大人になった。七歳のころと比べると、病気の進行で身体が徐々に動かなくなってきている。以前は車いすに座ったり、鉛筆を持って字を書いたりもしていたが、それももうできない。今ではほぼ寝たきりの生活で、パソコンの操作も視線入力で行なっている。

だが一方、幸運なこともあった。それはここ数十年の目まぐるしい技術の発展で、私のような重度障害者でも、ＩＴを最大限に活用すれば自分で会社を起こして働くことさえできる時代になった。

もう一つ、近年の医療進化によって、私は幼いときに言われていた余命宣告からずいぶんと長い延長戦を生きてこれた。それだけではなく、二〇一七年には、脊髄性筋萎縮症の初めての承認薬となる「スピンラザ」が登場し、二〇二〇年二月にも幼児向けに「ゾルゲンスマ」という薬も承認された。正直、自分が生きている時代に治療薬が登場することはないと思っていたので、驚きを隠せなかった。

「生かしておく必要はない」　ネットの書き込みに危惧

一方、これらの治療薬の登場により、ある議論がネット上で飛び交うようになった。医療費の問題だ。

私はいま、前述したスピンラザを定期的に使っているが、スピンラザは瓶一つで約九〇〇万円。人にもよるが、それを毎年数本打つ。私の場合は年間で二七〇〇〇万円だ。「ゾルゲンスマ」は一回の使用で済むものの、薬価は約一億六七〇〇万円。世界一高い薬とも呼ばれ、話題になった。どちらの薬も保険適用なので、賛否は大きく二つに分かれるだろう。

治療を受けさせてもらっている側としては、薬を開発された方々や承認してくれた当局、そして医療費を納めてくださっている皆様に感謝の気持ちでいっぱいだ。もちろん、いまの私はなんとか働けているので、自分自身にできる役割と価値を提供しながら社会に還元していきたいと考えている。

だが、私はひとつだけ危惧していることがある。それはSNSやネットのニュースサイトへの書き込みなどを見ていると、多くの方が「生産性のある障害者」であれば、医療を費やしてもいいが、そうでないなら医療費がむだで「生かしておく必要はない」という考え方の人が多いことだ。

きれいごとを言いたいわけではない。自分自身も会社経営をしており、生産性の重要性を否定するつもりもない。むしろ、自分という人間にそれほどまでの医療費を補ってもらう価値があるのか正直迷ったし、現に同じ病気の方で、こうした理由から治療を始めることに踏み出せない人も見てきた。

そんな中で、私は一つだけ皆さんに問いたいことがある。

もし、あなたの家族や大切な友人が難病者として生まれてきたとしたら、「医療費がもったいないから治療を受けないでくれ」と言うだろうか。

あなたも、いまは健康かもしれないが、人間はいつか絶対に死ぬし、その過程で何らかの病気や障害になる可能性はある。いま、社会には「相手の身になって考える」という能力が欠けているように思う。その行く末が、昨今大きな問題となっているネットでの誹謗（ひぼう）中傷であり、最悪、「相模原障害者施設殺傷事件」のような残酷でおぞましい事件につながる気がしてならない。間違った優生思想から、人はいつの間にか悪魔にもなってしまう。

私は治療を受け始めてから一年半近くが経つが、今の年齢と進行状態からみて、歩けるようにはならないらしい。それでも、少し身体が楽になったり会話がしやすくなったり、食事の量が増えてきたりと、確実に私の難病の進行を防ぎ、わずかながら改善の方向へ向かいつつある。

すると最近、担当の医師がこんなことを言うようになった。

「仙務くんはこれでもう、お母さんより先に死ぬことはないかもしれませんね」

それを聞いた母は、

「先生、私はこの子を見送った翌日に死にたいってずっと思ってたのに」

と寂しそうであり、なんだか少しうれしそうに笑っていた。

――ぼくもいつか、歩けるようになりたいです。

七歳のときの七夕で書いた願いはかなわなかったが、実はこの笑顔で、短冊には書いてこなかった私の本当の願いはかなっている。

見上げたそこに、きっと希望

コラム「寝たきり社長の上を向いて」の長らくのご愛読、心より感謝申し上げます。四年半にわたり、読者の皆さまたちに支えられ、続けてこられたこと、心からうれしく思います。

この連載では、生まれつきの難病により寝たきりの生活を送りながら、会社を起業した経験やふだんの生活、働き方について書いてきました。最終回にあたり、タイトル名に込めた思いをあらためてお伝えしたいです。

人生には、どなたにも困難や悩みが訪れる瞬間があるでしょう。私の人生も平たんではなく、前向きに生きることが難しいと思う日々も少なくありませんでした。しかし、このコラムを通じて伝えたかったのは、「常に前向きである必要はない」ということです。

前向きな気持ちを持ち続けることの大切さは言うまでもありません。が、時に人は、前向きでも後ろ向きでもなく、上を見上げてみるべきです。

どんなにつらいことがあっても、いつだってこの世界の美しいものは私たちの頭上に広がっています。空の青さ、星の輝き、桜の花々の美しさ。それらを見つけ、感じることができれば、必ず日々の生活に彩りや希望が与えられます。

私はそんな寝たきりの人生だからこそ、誰よりも上を向いてきた。そして、誰よりもたくさんの幸せに出会い、それに気づくことができました

2023.9.22

あとがき

この本を最後までお読みいただき、ありがとうございます。本書は、中日新聞と東京新聞で連載したコラム「寝たきり社長の上を向いて」および朝日新聞デジタル（朝日新聞アピタル）で不定期連載中の「寝たきり社長の突破力」を再編集したものです。連載を始めたころから、いつかこれらのコラムを一冊の本にまとめたいという思いがありました。その思いを実現してくださった風媒社さんに、心より感謝申し上げます。

私のような寝たきりの重度障害者が、今こうして働き、活躍できていることは決して当たり前なことではありません。本書でも書きましたが、飛躍的なテクノロジーの進歩と医療の進化のおかげです。また、多くの方々が私の目指す未来に共感し、力強いサポートや応援をしてくださったからこそです。この場を借りて、いつも私に関わってくださる皆さんに、深く感謝の気持ちを伝えたいと思います。

「寝たきり社長の上を向いて」の連載終了後、私はまた新たな挑戦に取り組み始めました。それは、「仙拓」の事業として、障害児・障害者向けのヘルパー事業所を開所することです。本書でも取り上げたように、私自身、重度障害者として介護サービスを受ける立場ですが、自分らしく生きることを目指す障害者当事者にとって、訪問介護サービスは本当に大切で、なくてはならない存在です。

そのため、介護サービスを受ける立場だけでなく、自身が経営する「仙拓」でも寝たきり社長の視点でヘルパー事業所を運営し、障害者当事者の生活を支えたいと考えました。また、開所に必要な資金はクラウドファンディングで寄付を募り、一六〇名を超える方々からのご支援のおかげで、二〇二四年四月に「ホームケアステーションさてと」を開所しました。

「さてと」という名前にした理由は、「さてと、今日はどんな一日にしようかな」と障害者当事者が気軽に言えるような社会を目指しているからです。かつての私もそうでしたが、障害があるからという理由で制約が生まれ、自分の望むことが思うようにできない環境にずっと違和感を覚えていました。

車いすに乗りたい時に乗れない、どこかへ出かけたいのに行けないなど、本人のやりたいことが制限されていると感じていました。もちろん、「そんなのは障害者のわがままだ」と言う方もいるかもしれません。しかし、冷静に考えてみてほしいのです。人は誰でも年を取り、やがて訪れる「死」に向かって生きていきます。そして、老いとともに、そのほとんどの人が身体に何らかの障害を負うものです。あるいは明日、あなたやあなたの大切な家族や友人が突然の事故や怪我で障害者になるかもしれません。

私は誰もがそうなる可能性がある時、万が一そうなってしまった時、「自分は障害者になってしまったから、もう全てをあきらめなくてはならない」と人生に絶望してほしくないのです。

アメリカの社会福祉活動家ヘレン・ケラーの言葉に、「障害は不便です。でも不幸ではありません」というものがあります。この言葉は、ベストセラーになった乙武洋匡氏の著書『五体不満足』でも使われたのですが、私は令和時代の今、この言葉もそろそろ時代に合わなくなってきていると考えています。なぜなら、「障害は不便ではない。もちろん、不幸であるはずもない」と言える時代が、もうすぐそこまで来ているのです。

技術の進歩や社会の変化に伴い、障害者が自分らしく生き、活躍できる環境が整ってきています。もしかしたら、いつか「障害者」と呼ばれる人たちもいなくなるかもしれません。その時代に一日でも早く近づくために、寝たきり社長の私は、これからも様々な挑戦を続けていきたいと考えています。

最後になりますが、この本を手に取ってくださった皆様に、心からの感謝をお伝えするとともに、読了されたあなたが、ちょっぴり「上を向いて」生きるための希望に繋がれば嬉しく思います。

［著者紹介］
佐藤仙務（さとう ひさむ）

1991年、愛知県東海市生まれ。先天的に全身の筋肉が徐々に衰える難病「脊髄性筋萎縮症」を抱える。

わずかに動く指先や視線入力装置を活用し、社長業、コラムニスト、大学教員など、多岐にわたる挑戦を続けている。

さらに重度の障害を抱えながら、全国初の重度障害者としての会社設立を成し遂げたことから、「寝たきり社長」として全国メディアでも報じられ、一躍話題を呼んだ。地元東海市では「ふるさと大使」も務めている。

装幀／三矢千穂

JASRAC 出 2404256-401

寝たきり社長の上を向いて

2024年7月31日　第1刷発行　（定価はカバーに表示してあります）

著　者　　佐藤　仙務

発行者　　山口　章

発行所　名古屋市中区大須 1-16-29
電話 052-218-7808　FAX052-218-7709
http://www.fubaisha.com/
風媒社（ふうばいしゃ）

＊印刷・製本／モリモト印刷　　乱丁本・落丁本はお取り替えいたします。

ISBN978-4-8331-1159-1